他自人间疏狂

夏葳 著

江苏凤凰文艺出版社
JIANGSU PHOENIX LITERATURE AND
ART PUBLISHING

图书在版编目（CIP）数据

他自人间疏狂 / 夏葳著. -- 南京 ： 江苏凤凰文艺
出版社，2024. 9. -- ISBN 978-7-5594-8921-0

Ⅰ. I267

中国国家版本馆CIP数据核字第2024R0N965号

他自人间疏狂

夏葳 著

责任编辑	项雷达
图书监制	马利敏　孙文霞
策划编辑	陈艳芳
书籍装帧	柒拾叁号
版式设计	姜　楠
出版发行	江苏凤凰文艺出版社
	南京市中央路 165 号，邮编：210009
网　　址	http://www.jswenyi.com
印　　刷	唐山富达印务有限公司
开　　本	880 毫米 × 1230 毫米　1/32
印　　张	10
字　　数	164 千字
版　　次	2024 年 9 月第 1 版
印　　次	2024 年 9 月第 1 次印刷
书　　号	ISBN 978-7-5594-8921-0
定　　价	49.80 元

江苏凤凰文艺版图书凡印刷、装订错误，可向出版社调换，联系电话：025-83280257

序言：世事如烟诗如蝶

如山 / 文

　　当我真正明白所有的意义都指向生命，院子中的那棵树不知不觉中又老去一枝，在无数个秋冬里，叶子如诗句铺洒一地。待来年，春天的枝条又把这些诗句再一次大声读出，是孤独吗？抑或欣喜？那些诗句慢慢沉淀下去，沉淀下去，化作土壤和汁液，浸润风雨，浸润日夜，最后作为生命的血脉和筋骨，是隐忍，是顽强，更是滋味，生命的滋味。

　　人生就是一个人沉醉的旅行，日月如书页，再次打开时，书还是这本书，文字还是这些文字，妙就妙在遣词造句的不同，就看你如何读山读水读风。

　　神圣诗意或普通凡俗，心灵各不同。生命之中哪些又可谓之永恒，譬如这拂晓，这清鸣，这绿野，这树荫下水绿的风。夏日苦暑，汗水出尽，端坐于树下石阶，看风过翠竹，人亦心荡神驰。一只白鸽在阳光的天空疾飞如矢，地上一只母猫带着六只猫崽睡眼迷蒙。夏花已红过百日，太过猛烈而略显琐碎，每日红英坠地。枝头究竟有多少往事和风情，要那么着急地述说。

似乎一切又是轻薄的，轻薄得如一场人事。

夏葳，习惯于书页上行走，苦心于文字，十年、几十年，文乃命，字乃心。从少年的花团锦簇，一泻千里；以至今天一字百吟，一句千愁。俨然岁月的风雨已在字里行间生根，命运的沉浮亦在其中沉浸，所有的过往不过云烟而散，手里握着的依然是躁动不安的生命，在春天它歌唱的是句子，在秋天它吟唱一腔深情。

可是生命的诗意，从来不曾离弃。因为有诗，因为有生活，既吟咏它的欢愉，又吟咏它的孤寂。古人从生死走进自己的诗句，后人从他们的诗句中走出，在浅唱低吟中走进各自的内心，走进各自的人生。月光依然是那瓣月光，长夜依然是那枚长夜，诗句洒满一地而摇曳如烛的那盏孤独，如今又被夏葳一句句点亮。

岁月如刀，镌刻于心的是孤独吗？抑或寂寞，然后是平静，仿佛尘埃落定般，生命在心中，心情在笔下，行走于尘世，或者行走于书册，寻求一份慰藉，寻求一剂安宁。这一刻，诗化作一羽蝴蝶，翩然而来。

"就像每一朵小花都会赢得春天，孤独的人，不求征服世界，但求征服自己。且让你我，群处守行，独处守心，一切的一切，破茧成蝶，都将不是意外。孤独是一座花园，是人生最美的修行。"夏葳如是说。

夏葳的心是热腾腾的，虽然用词不免些许凉意。对于生命的执着，打开人生时空，拿起或者放下。有幸读到她这本书，所有的情绪和不安，如宇宙间一粒微尘，在黑之最黑处，蓦然飞出的一只白色蝴蝶，夏葳唤作孤独。沿着她的笔触，不难读到夏葳所谓的孤独，又分作三种境界，便是有我，无我，忘我。

在有我境界中，说秋，说愁；说明月，说水流；说栏杆，说高楼。所有的离愁别恨，其实是有情。在一句诗一阕词中成痴成执，"何处合成愁？离人心上秋。纵芭蕉、不雨也飕飕。都道晚凉天气好，有明月、怕登楼。年事梦中休，花空烟水流。燕辞归、客尚淹留。垂柳不萦裙带住，漫长是、系行舟"。大千世界，烟火人间，人在情在，即便生活让心灵千疮百孔，苦酒和泪饮，一番吟唱，你依然高挺你的心灵，唯有这点柔软温热你的身体，作为人而存在。这一点正如夏葳所说："其实，很多时候，人执着的只是自己。是孤独的这个你，在寻找与你孤寂的灵魂契合的那些物象、影子，试图在彼处安放多年的夙愿。抑或一些结扣，缠绕在心头，成永久的心患，让你患得患失，患聚患散，为逝去的故事，远去的那人做个温柔念想，做个牢固茧网，挣扎不出。"

在无我境界中，恰是无意。"空山新雨后，天气晚来秋。明月松间照，清泉石上流。"说空说无，论道说禅。当然诗可以写的不乏人生之高迈超然，读来亦顿时轻松脱然。然而到底透着几分弃世和逃避，依然有着对抗和无奈。"浪花有意千里雪，桃花无言一队春。一壶酒，一竿身，快活如侬有几人。"庙堂之高与江湖之远，得志与失意之间，多少终南旧事，多少田园之隐。"独坐幽篁里，弹琴复长啸。深林人不知，明月来相照。"

在忘我境界中，方得虚静。人生乃鲜活的生命体验，放下生之重负与死之羁绊，与桌椅同在，与树木同在，与众人同在，与诗词同在。

这一切又无不构成我的世界，天雨即是我雨，鸟鸣亦是我鸣，花朵褪去时光匆匆，是风，又一次迎来崭新的跳动，无须取媚，也无须讨好，只是生命的绽放，就在这一刻美好而深情。"采菊东篱下，悠然见南山"，人是精神的，精神是沉醉的。天地无心，万物不累。人生匆匆何需是，欲说忘言各自非。本无挂碍，何生芥蒂，陶然悠然，勃然涣然，与物同归，与时同化，不著山水，无关风情，嫣然一笑，当下清明。

不只孤独，人生处处大抵如斯。宋代禅宗大师青原行思所谓的参禅之初，看山是山，看水是水；禅有悟时，看山不是山，看水不是水；禅中彻悟，看山仍然山，看水仍然是水。这其中不也是有我、无我、忘我之三昧。

有情，无情，忘情。这一生，如舟自横，如叶飘零，终是爱过一件事，爱了一个人。孤独也罢，寂寞也好，何不如鱼而乐，如蝶而梦，则不枉此生，拔山问鼎；则欣然自足，如释重负。忘却生死，便是安静。

满树的花朵打开又一个春天，走过四季的小鸟颤抖着展开每一片新羽，柔情似水的时光啊，是你柔情似水的心。此后，你将依然坚强地走过每一座山，山河会记住你的明媚和婉转，一本书，一段心思，孤独如诗绽放。

生命周而复始，当窗外的绿如潮水般纷至沓来的时候，春天的气息愈发的浓烈，一汪汪的绿水通过你的眼睛进入你的心，此时，春红的傲慢渐渐消去，铺天盖地的绿，从此占据了美好的时空。那是让眼睛流泪的气味，情不自禁的喜悦，按捺不住的多情。眼，一点点柔软；心，一点点沉静。诗如人生，人生如诗。

目录

1

目录

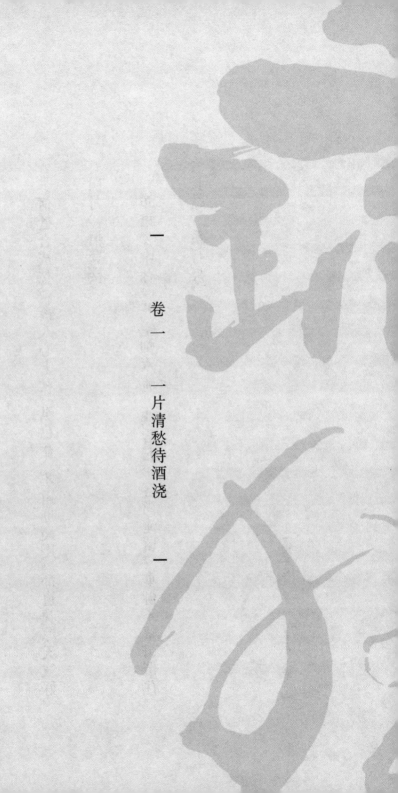

一

卷一 一片清愁待酒浇

一

何处合成愁？离人心上秋。纵芭蕉、不雨也飕飕。都道晚凉天气好，

有明月、怕登楼。

年事梦中休。花空烟水流。燕辞归、客尚淹留。垂柳不萦裙带住，

漫长是、系行舟。

——〔宋〕吴文英《唐多令·惜别》

头

文英

一抬头，碰落了一地离愁

常常感叹汉语造字的了得，会意形声个个入微精巧，分拆组合字字妙趣横生。二木"林"，三人"众"，一片秋心合成"愁"。

南宋词人吴文英取其巧然，创作出令人拍案的佳句"何处合成愁？离人心上秋"，将一腔浓厚的诗意，倾注于文字的拆解分合中，令这首《唐多令·惜别》先声夺人，起笔生辉，成为千古传诵的一首佳作。

离别，是大多数人不愿轻易触及的一个词，它是人的软肋，身心的无妄之灾。时间在别处打上死结，结扣就在心坎上，让人无力抽身，郁郁终日，不得振奋。

在这里，文字的悲欢，承载了人世的悲欢。离愁别恨凝注成一汪脉脉的目光，以摧枯拉朽之势颠覆你，让你情不能抑，在疼痛中温软。

离别和秋天，都是特别伤情的元素。"黯然销魂者，唯别而已矣"，这句话涵盖了人类苦别伤离的共同心声。古往今来，文人墨客对离恨别愁的题材格外偏爱，吟咏不止。

深秋时节，天地萧索，万木凋零，置身其中，难免诱发孤独无依、韶华易逝的悲情。所以宋玉在《九辩》中，起句就发出沉痛的叹息："悲哉，秋之为气也！萧瑟兮草木摇落而变衰。"

文人伤秋，当离别和秋天两个伤情的元素缔结在一处，必定击中诗歌的痛点。志摩的《印度洋上的秋思》中，抒发了另外一番的秋心秋意：

　　那雨声在急骤之中，有零落萧疏的况味，连着阴沉的气氛，只是在我灵魂的耳畔私语道："秋"！我原来无欢的心境，抵御不住那样温婉的浸润，也就开放了春夏间所积受的秋思，和此时外来的怨艾构合，产出一个弱的婴儿——"愁"。

　　愁从何来？因为离别的人又逢秋天，离别的心被秋意感染。诗人把诗意、秋意、心怀巧妙粘接，不着痕迹，唯有愁绪。

　　吴文英被称为"词中商隐"，世人拿他的词跟李商隐的诗相提并论，一来赞其词坛地位，二来言其词隐辞幽，陈喻多歧，颇为难懂。不过，起笔两句却浑然天成，毫无牵强之感，实为经典。流行歌曲《菊花台》中"愁莫渡江，秋心拆两半"由此而出，亦广为传唱，可见人们对它们的肯定和认同。

　　这两句，点明全诗主旨，为全诗定下伤感的基调。

　　中国古诗词中，芭蕉是常用的意象，常常与雨、思念、孤独、苦愁有关。"盖因芭蕉最能挑起人的各种愁情，尤以雨打芭蕉之情景为甚，像极了那情人絮语、离人眼泪，点点滴滴，最易伤情。"当代作家黄廷法在《浮生拾慧——芭蕉》中，道尽其中缘由。

　　试想，孤寂的夜晚，只有窗外细雨滴打在芭蕉叶上的声音，

同一种节奏、音响，单调而重复，一声声击打在你的心上。将漫漶的愁绪一笔一笔调浓，浓得化不开；把沉闷的心击碎，碎得拾不起来。

南唐后主李煜感同身受："秋风多，雨相和，帘外芭蕉三两窠，夜长人奈何。"李商隐同样有"芭蕉不展丁香结，同向春风各自愁"的酸楚难言；避难于江宁的李清照，第一次闻听夜雨芭蕉空灵、寂寥之声，亦产生强烈的共情：

> 窗前谁种芭蕉树，阴满中庭。阴满中庭。叶叶心心，舒卷有余情。伤心枕上三更雨，点滴霖霪。点滴霖霪。愁损北人，不惯起来听。
>
> ——李清照《添字丑奴儿·窗前谁种芭蕉树》

易安心裁别出，以不习惯听夜雨芭蕉之声，来表述南渡的北人有家难回的亡国之痛。

吴文英的夜晚，有芭蕉，无雨，但诗人亦有"夜长人奈何"的孤独之感。诗人说："纵芭蕉、不雨也飕飕。"在飒飒秋风中，芭蕉阔大的叶子摩擦发出飕飕的凄凉之声，比听雨更甚，同样引起离人的愁绪，同样让客居之人孤枕难眠。

有趣的是，吴文英自号梦窗，不能不让人联想起大诗人杜牧《芭蕉》中"芭蕉为雨移，故向窗前种。怜渠点滴声，留得归乡梦"的意境。梦窗在另一首《诉衷情》中，也有相似的描述："半窗灯晕，几叶芭蕉，客梦床头。"文人墨客笔下，萧索的离愁有时候就是这样惊人地相似。

今夜无雨，天气晴好，清风朗月，适宜登高远望，把酒临风，诵明月之诗，歌窈窕之章。不过，对于词人来说，明月楼高休独倚，独自登楼，只会酒入愁肠，增添更多的孤凄愁绪。千古一轮月，照在客居，也照在故土，照着游子，也照着伊人。离人天各一方，只有这轮明月，千里共有，默默地见证着人世间的悲欢离合。"我寄愁心与明月"，有明月，怎多愁！纵然登楼，望断回家的路，徒增悲尔。

每一段相思背后，必有一段美好的故事，像月光般美好的记忆。这故事不必惊天动地，亦不必色彩纷纭，这故事只是生活的点点滴滴。涓涓细流，一脚针线，一顿粥饭，一篱花树，一壶茶香，都成为离人挥之不去的小窗幽梦。

他们说，所谓的烟花易冷、往事前尘，其实都是有关相思离别的故事。南北朝的杨衒之在其笔记著作《洛阳伽蓝记》中记载一段情缘：一位将军在繁华的洛阳城里邂逅一名面容娟秀的女子，二人一见钟情，私订终身。后来将军远征，战乱频仍，无法回到洛阳。女子经常坐在一块石板上等着心爱的人回来。日复一日，年复一年，却不见爱人归来。绝望之际，遂削发为尼，遁入空门。

终于等到战乱结束，将军归来寻找女子，但见昔日繁华不再，到处残垣斑驳。一位老僧告诉将军，女子始终一个人孤独地在等，直到死去的那一天。天上雨纷纷落下，落在禅房外的青石板上，点点滴滴都是心碎之声。

周杰伦和方文山以这个故事为素材，创作了颇具古典风格的《烟花易冷》：

繁华声 遁入空门 折煞了世人

梦偏冷 辗转一生 情债又几本

如你默认 生死枯等

枯等一圈 又一圈的 年轮

浮图塔 断了几层 断了谁的魂

痛直奔 一盏残灯 倾塌的山门

容我再等 历史转身

等酒香醇 等你弹 一曲古筝

雨纷纷 旧故里草木深

我听闻 你始终一个人

斑驳的城门 盘踞着老树根

石板上回荡的是 再等

烟花易冷，人事易分，所以更要珍惜。这个北魏的故事，令世人落泪，吴文英也一定是知道的吧。在他心里，一定也有个痴情的女子，在等，再等。

而今夜，明月下，高楼上，看北燕辞飞，回到南方温暖的家，诗人只能感叹花空烟水流，自己只身一人仍在异乡停留。

从"客尚淹留"可知，词人思念的伊人，远走他乡。吴文英曾娶二妾，其中一名叫燕的湘妹子，娶于苏州，后不幸于苏州去世。吴文英怀念苏妾的词，有五十首之余，足见情之深切。

情到深处人孤独。苏妾去世后，吴文英寄人篱下，四处漂泊，"朝叩富儿门，暮随肥马尘"，生活愈发动荡不安。幸好，在杭州他与杭妾相遇，才让悲凉黯淡的生活里增添一丝暖意。那是一段甜蜜美满的日子，他和她郎情妾意，举案齐眉，他们在繁华而喧嚣的街头，一起携手观景，一起花前月下，诉说着彼此的心事，吟咏着浪漫而唯美的诗篇。可惜，这份暖意并没有为他带来人生的春天，没过多久，这份感情又让他跌至寒凉——"何处合成愁？离人心上秋。"相依相守的两个人，终没逃过劳燕分飞的结局，徒然剩下两两相处的难忘记忆，让孤单的他常念、常思、常叹息。

"燕辞归"最早出自《诗经·邶风·燕燕》，是最早的送别之作："燕燕于飞，差池其羽。之子于归，远送于野。瞻望弗及，泣涕如雨。"

　　燕子在天上飞，挥动着灵巧的翅膀。伊人今天要回归故乡，把她送到郊外大道旁。痴情的人儿望着她的背影渐去渐远，直至消失在茫茫原野，忍不住忧伤的泪水，像雨水般哗哗地流淌。自《邶风·燕燕》之后，这只多情的燕子便常常在诗中翩翩飞舞，为孤独的游子平添些许离愁别恨。

　　"垂柳不萦裙带住。漫长是、系行舟。"词人回忆和伊人别离时的情形，他没有着力刻画场景，而是通过对柳丝的埋怨，抒写别恨。

　　"垂柳"是眼前秋景，柳即留。"漫长是、系行舟"是诗人的自况，指自己不能随去。垂柳那么长，却不能缠绕住伊人的裙带，更不用说用柳丝系住将要离开的小船了。

　　这首小词只有61个字，却处处是离愁别绪。秋凉、芭蕉、明月、登楼、落花、流水、燕子、垂柳、行舟，犹如离愁的协奏曲，此起彼伏，而不觉烦冗。好像，一抬头，碰落了一地哀愁。

　　吴文英，南宋词人，生于四明（今宁波），一生不第，游幕终身。在苏州做幕僚之时，吴文英曾和豪门权贵交游，沉醉在纸醉金迷的宴乐场景里。他与贾似道的交往，多为世人诟病。贾似道被列入《宋史·奸臣传》，而在现存的《梦窗词》中，为贾似道歌功颂德的词作就有四首之多，叶嘉莹先生评价他："非以忠义自命之士。"可他的骨子里毕竟有着文人的"孤怀独抱、别有深慨"，自贾似道平步青云升至权相之后，他和贾之间就断绝了书信往来。可见，吴文英和那些摧眉折腰事权贵的文人终究有所不同，以至于劳碌无功，所获的酬报仅仅够维持日常生计。漂泊半生，他依然是那个居无定所、寄人篱下的穷酸幕僚。

除了苏州，吴文英还在杭州、越州之间流离辗转，很少往返故乡。他在词中曾经感叹："念羁情、游荡随风，化为轻絮。"离家千里的他，漂泊无依，宛若无根的浮萍、飞絮，再也无法在熟悉的屋檐下躲雨。

"鸟飞反故乡兮，狐死必首丘。"那些鸟儿，不辞辛苦，只为能回到千里之外的故乡；狐狸死去的时候，它的头总是朝着出生的地方。一个人对故乡和亲人的眷恋和牵挂，几乎是一种本能。

无论海角与天涯，大抵心安即是家。由于不曾及第，在外流徙多年的吴文英生活并不如意，憔悴潦倒，困顿窘迫。

想家是孤独的，沉湎于往事的回忆，更加令人神伤，这首《唐多令·惜别》正是在这样的背景下写成的。

暮年的吴文英，又自号觉翁。学富五车的他，从自负轻狂的梦窗到身世飘零的觉翁，其间的孤苦酸辛，一如释隆奇《醒来》这首诗里所倾诉的那样：

当欢场变成荒台，

当新欢笑成旧爱，

当记忆飘落尘埃，

当一切是不可得的空白，

人生是多么无常的醒来。

　　每个孤独的灵魂背后都有一颗傲娇的心。轻狂一世的吴文英，将晚年的自己定位为大梦一觉的老翁，实在是他这位布衣文人的大清醒。

闲梦远，南国正芳春。船上管弦江面渌，满城飞絮辊轻尘。忙杀

看花人！

闲梦远，南国正清秋。千里江山寒色远，芦花深处泊孤舟，笛在

月明楼。

——［南唐］李煜《望江南·闲梦远》

李煜

煜

在故国梦里天马行空

自古帝王之画，莫过于徽宗；帝王之词，莫过于李煜，而这二人都是亡国之君。

亡国帝王大都背负骂名，宋徽宗就被树立成为一个穷奢极欲、荒淫腐败的典型。但对于后主李煜，世人却给予满满的同情和原谅，甚至是喜爱，并把他冠以"千古词帝"的美誉。因为，人们太喜欢他的词作了。

公元937年七月初七，一声男婴的啼哭划破晨曦的静谧，李煜出生了。在这个浪漫的七夕节，他的祖父李昪在金陵称帝，史称南唐。南唐地域面积不大，偏安一隅，经济繁荣，文化昌盛，凤阁龙楼连霄汉，玉树琼枝作烟萝，富庶而繁华。

族中的长辈为襁褓中的婴儿起名为李从嘉。嘉，既美且善。在尊贵与显赫中，从嘉度过了快乐的少年时光。

李从嘉七岁时，他的祖父去世，父亲李璟继位，历史上称为南唐中主。李璟满腹才华，却空有经略之志，不会治国，更不会用人。

那时，正值政治风云瞬息万变的动荡时代，刀光剑影，弱肉强食。然而乱世的风雨都被挡在高高的红墙之外。李从嘉这位生于深宫、长于妇人之手的少年，不识兵戈，不事农桑，不理朝政，触目所及，是南唐三千里河山的富饶与辽阔；是花月春风，衣香鬓影，车如流水马如龙的上苑美景。

李从嘉在家中排行老六，按照"立长不立幼"的封建礼法，原本与江山无缘，他也从来对继承大统不感兴趣。然而，却一直被太子严加防范。这缘于他姿仪不俗的面相，他生就"丰额骈齿，一目双瞳"，在古人信奉的命相学里，此乃帝王之相，西楚霸王项羽和舜帝，皆是重瞳者。所谓君命神授，一心想继承皇权的长兄李弘毅，不能不将他视为最大障碍。

为了撇清嫌疑，让兄长放心，他不得不远离朝堂，醉心经籍，隐身于五光十色的文艺洪流里，藏迹在一堆隐者、居士别号中，担风袖月，做一闲人，且陶陶，乐尽天真。在这番田地，天生灵骨的他，轻轻松松练就一身本事，书法，绘画、音律，无一不精通，在诗词方面更有灵异之妙。

浪花有意千里雪，桃花无言一队春。

一壶酒，一竿身，快活如侬有几人。

——李煜《渔父·浪花有意千里雪》

《渔父》就是他当时生活状况的写真，脱离世俗羁绊，避开名缰利锁，看江上浪花如雪，观岸上桃花竞放，一壶酒，一钓竿，做个渔父，多么自在逍遥，这就是他所向往的生活。

可惜造化弄人。公元 959 年，太子李弘冀突然病死，由于前面四个哥哥不幸早早夭亡，在父亲的授意下，李从嘉入住东宫，

立为皇储，父亲将他的名字改为李煜。两年后，中主李璟去世后，二十五岁的李煜不得不硬着头皮即位，史称南唐后主。而于此前一年，后周大将赵匡胤发动陈桥兵变，建立大宋王朝。

"煜"是照耀的意思，中主李璟希望天生帝王之相的六子能像舜帝那样光耀千古，照亮南唐晦暗的前程。可惜此时李煜从父亲手里接过的南唐江山，已经不可避免地走向衰败之路，气数将尽。李煜深知羸弱的南唐无力对抗虎狼之师，又不想将列祖打下的江山拱手相让。在满怀愁郁中，他只得逃向夜夜笙歌，偎红倚翠的温柔富贵乡。

红日已高三丈透，金炉次第添香兽，红锦地衣随步皱。
佳人舞点金钗溜，酒恶时拈花蕊嗅，别殿遥闻箫鼓奏。

——李煜《浣溪沙·红日已高三丈透》

这首《浣溪沙》，记述的是李煜和宫中妃嫔、舞女歌伎夜以继日、酣歌曼舞的场景。通宵的歌舞、狂欢的佳人，还有箫鼓乐曲、金炉香兽，雍容华贵，奢靡放纵，别有一般富贵气象，这是当时宫廷生活的真实写照，而"佳人舞点金钗溜，酒恶时拈花蕊嗅"这样的句子，却又细腻，形象，声色俱备，神情尽出，但高妙的艺术手法难以粉饰他情感的空虚。

如果不是后来的江山变故，李煜会是一位出色的艳词高手。

公元 976 年，三十九岁的李煜从金陵被押解到汴京，由皇帝之尊沦为大宋的阶下囚，人生江河日下，而词的成就却由此更上一层楼，臻于巅峰。这首《浪淘沙令·帘外雨潺潺》就是他创作在囚禁生活中的经典之作：

帘外雨潺潺，春意阑珊，罗衾不耐五更寒。梦里不知身是客，一晌贪欢。

独自莫凭栏，无限江山，别时容易见时难。流水落花春去也，天上人间。

很平淡的春雨，不紧不慢，不疾不狷，像这样平淡到无聊的日子，不着痕迹地淋湿时光。北方的雨，性格耿直爽利，唯有春雨，最是细腻，需把心放进去，淋湿了，才能感受雨的脚步，春去春回，都是光阴的故事。

被俘后的李煜格外敏感于时光，他数着日子，沉湎旧时的旖旎，忍受现时的煎熬，不停地拾掇被碾碎的心事。"林花谢了春红，太匆匆""春花秋月何时了"，都是他在时光的流韵里钉下的脚注。

夜来风雨声，花落知多少。雨打芭蕉，雨亦谢春红，所以暮春的雨总有说不尽的哀伤气氛，何况"罗衾不耐五更寒"，孤寂

而且冷寒。和现实形成对比的是，片刻的梦里却是欢娱的。只是这梦太短暂，这欢娱太短暂，难以抵御黑夜深深的冷寒。

词人一生，所有美好的故事都定格在后庭宫闱中，浓艳的妆，妙曼的舞，清润的曲，香醇的酒，还有一帮文人的唱和，以及深情款款的佳人儿。梦里，是甜蜜的闲愁，而梦醒来，却是凄凉的苦寒。

梦里不知身是客，看似轻描淡写，却又有多少难言之痛。这客，不是座上宾，而是阶下囚，词人以一"客"字带过，该是怎样的隐忍！

终究是难以忘却过去的好，孤独无望的他凭栏远眺，试图透过浓重的黑幕和重叠的房舍山峦，望见故国。无奈无限江山，就像春天的美好时光，一去不复返。今昔对比，一个天上，一个人间。无限伤心，别时容易见时难。

身为臣虏的李煜，告别了歌舞升平，没有了镂金铺翠，亦失去了温香软玉，伤夷的灵魂栖息于孤独、屈辱和恐惧之中，每日里以泪洗面，借酒浇愁，他把亡国恨、去国痛、思乡愁、恋故情诉诸于词，唱出一曲曲凄婉哀怨的悲歌，成为文学史上超逸绝伦的神秀之作。无疑，在词学史上，李煜是个里程碑式的人物。

词在唐朝时开始出现，宋朝发展到巅峰。唐朝以温庭筠为代表的花间词派为主流，内容大多以写男女之情、风花雪月为主。李煜把词从艳科中解放出来，开辟了词新的境界，使词不再只有旖旎的情态，不再只是表达爱恋情思，可以追忆往昔，可以书写离愁，亦能豪迈抒怀，亦能慷慨述志，倾吐家国情怀，词的内容更加丰富了。词风也一洗花间派的浮艳绮靡，明白如话，不假雕饰，真挚感人。

所以王国维十分推崇李煜，他在其文学批评专著《人间词话》中不惜重笔点金："词至李后主而眼界始大，感慨遂深，遂变伶工之词而为士大夫之词。"并就李煜词的特色和众位名家做比："唐五代之词，有句而无篇；南宋名家之词，有篇而无句。有篇有句，唯李后主之作及永叔、少游、美成、稼轩数人而已。"

其实，并不是王国维着意偏爱，在词的天地开疆拓土的李煜，作为君王，也不是一无是处。南唐亡于宋，但宋人对他并不低看，且毫不掩饰对他的好感。

南宋大诗人陆游评价他："后主天资纯孝……专以爱民为急，蠲赋息役，以裕民力。尊事中原，不惮卑屈，境内赖以少安者十有五年。"称赞李煜人品政事。他宽厚待人、施善于民，虽无力保全自己的国家，但守国十五年已属不易。

南唐旧臣徐铉曾发自肺腑地慨叹："李煜敦厚善良，在兵戈之世，而有厌战之心，虽孔明在世，也难保社稷；既已躬行仁义，虽亡国又有何愧？"

文人龙衮对他连连称道："后主自少俊迈，喜肄儒学，工诗，能属文，晓悟音律。姿仪风雅，举止儒措，宛若士人。"在他眼里，后主俨然翩翩少年，风流才子，令人倾慕。当代人文大师柏杨先

生亦有盛赞："南唐皇帝李煜先生词学的造诣，空前绝后。"

"国家不幸诗家幸，赋到沧桑句便工。"清代学者赵毅这句诗正是对李煜一生的真实写照。

李煜的词不仅仅句工，且情真意切，毫不掩饰作为亡国之君的真实情感，被囚后饱含血泪的切肤之痛。这倍于常人的伤痛，也让他收获了最深刻的人生体验。

而他诸多空前绝后的词作，大多与梦有关。

苟安之中，他经常做梦，抑或在梦中神游故国，抑或在梦中重温旧日盛世欢歌，抑或在梦中追忆似水年华。在那具被囚禁的身躯之下，有且只有梦，才可以让他脱离肉身，不受羁绊，放空自己，天马行空。

这首《望江南·闲梦远》，就是一首回忆如烟往事的记梦词。"望江南"，又作"忆江南""梦江南"，在梦中忆，在忆中望，最是江南冷落清秋节。

和"多少恨，昨夜梦魂中"中怅叹陡起、失魂惊梦、浓墨重彩的心旌不同的是，词句起笔很淡，淡到无情无趣，落纸轻易："闲梦远，南国正清秋。"似和谁低语，在青蓝底色的天空下，向谁淡淡诉说。

南国的清秋让词人萦怀。南国，就是江南，词人的南唐旧地。开宝四年（公元 971 年）十月，宋太祖赵匡胤灭南汉之后屯兵在汉阳，李煜诚惶诚恐，派遣其弟李从善朝贡于宋，去唐号，改称"江南国主"，并将印玺改为"江南国印"。江南，遂成为李煜魂牵梦萦的故国。

在这个清秋季节，词人做了一个回乡的梦。在梦里，他这个江南国主神驰千里，回到南国。登高望远，但见千里江山，晕染在一片清寒的暮色之下。旷野无人，一只孤舟，静寂地停泊在洁白的芦花深处。芦花似雪，漫漶四野，如梦似幻。而此时，明月满楼，笛声悠悠，在空中袅袅飘荡，空濛如禅境。

这首小词，没有痛心疾首的感慨，亦没有直抒胸臆的抒怀，只是寥寥几笔的勾画，大巧不工，朴素自然，却是最真挚的情思流露，隐含着痛得说不出的情愫，最能触动"梦里不知身是客"的悲怆情怀。比"小楼昨夜又东风，故国不堪回首月明中"更加凄绝，又如此纤尘不染，清雅绝俗，涤人神魄。

王国维评曰："温飞卿之词，句秀也；韦端己之词，骨秀也；李重光之词，神秀也。"果然不虚。

这满眼的秋，这落魄的人，这孤寂的心，这思乡的梦，这亡国的秋，一起飞扬成漫天寒色。

笛声犹似故人，奏响寒瑟里一声清亮，不偏不倚，击中离人心弦。笛在月明楼。

人人尽说江南好，游人只合江南老。

春水碧于天，画船听雨眠。

垆边人似月，皓腕凝霜雪。

未老莫还乡，还乡须断肠。

——［唐］韦庄《菩萨蛮·其二》

韦庄

庄

在江南的春色里终老

韦庄有一组《菩萨蛮》，其中最著名的就是第二首。

小词写江南旖旎的风光，浪漫的风情，江南女子温柔的性情。这首词被很多人误读为乐不思蜀之意，其实恰恰相反。这首创作于韦庄晚年寓居蜀地时期的小令，是词人回忆江南旧游而作。

对于江南，相信大多数人的记忆都会被白居易的《忆江南》所打动：

江南好，风景旧曾谙。

日出江花红胜火，春来江水绿如蓝。

能不忆江南？

——白居易《忆江南三首·其一》

白居易年轻的时候曾三次到过江南，先后担任过杭州、苏州刺史，对江浙一带的人文地貌、风土人情可谓印象深刻，相当熟悉和喜欢。以至于回到洛阳后十余年，还对江南旧景念念不忘。在他笔下，春天的江南，沿路的花朵在江水、太阳的润泽和哺育之下，火红似焰，一池清澈碧绿的江水绿得胜过蓝草。

千里莺啼绿映红，水村山郭酒旗风。

南朝四百八十寺，多少楼台烟雨中。

——杜牧《江南春》

诗人杜牧亦以一首《江南春》，将一幅莺啼声声、酒旗招展的江南烟雨楼台盛景尽收笔底，生花妙笔，令人心旌摇荡。

因而，在诗人心目中，江南是个别有诗意的地方，曲院风荷，杏花春雨，亭阁楼台，烟柳画桥，生动而有韵致。

对于江南，韦庄有着非常复杂的情感。时事造就人，心境的复杂与他经历的坎坷息息相关。

韦庄，字端己，长安杜陵人，是唐代山水田园派代表诗人韦应物的四世孙。他和温庭筠同为"花间派"代表作家，并称"温韦"，诗词常以感叹时光易逝、离情怀古、怀古为主题，绝句情致深婉、富有韵味，意在言外，是名贯古今的诗词大家。

京兆韦氏是望族，前前后后曾诞生过近二十位宰相，但不幸的是，韦庄出生的时候，家族已经开始衰落。但从小生活贫困的他，从未泯灭匡扶社稷的远大志向。奈何，他满腔热血地多次参加科考，从少年考到中年，均名落孙山。不是他才华不够，而是缺少背景和人脉加持。

四十五岁那年，落第的韦庄又赶上黄巢起义，起义军攻占长安。逃到成都的唐僖宗号令兵马勤王，可是大唐官军进城后，烧杀抢掠无恶不作，生灵涂炭。

身陷乱兵之中，和弟弟妹妹一度失散，又多日卧病，饱经风霜。韦庄目睹了起义军和官兵相继给长安带来的动乱，悲愤至极。

中和三年，他以一位流亡"秦妇"的口吻，挥泪写下长篇乐府叙事诗《秦妇吟》，痛陈这场战乱带给国家和百姓的深重灾难：

"南邻走入北邻藏，东邻走向西邻避。"

"家家流血如泉沸，处处冤声声动地。"

"家财既尽骨肉离，今日垂年一身苦。"

"明朝晓至三峰路，百万人家无一户。"

句句如诉，字字泣血。这首《秦妇吟》内容丰富，结构宏大，其高超的艺术水准和强烈的现实精神，为韦庄赢得"秦妇吟秀才"的雅号。它与《孔雀东南飞》《木兰辞》齐名，合称"乐府三绝"，是继杜甫"三吏""三别"和白居易《长恨歌》之后，叙事诗的第三座丰碑，深受时人称赏，奠定了韦庄的诗坛地位。

乾宁元年，战乱稍事平息，第七次参加科举考试的韦庄，终于进士及第，此时的韦庄已经六十岁。耳顺之年的他被唐昭宗任用为校书郎，虽职位卑微，但终于踏上仕途之路，离他的远大理想近了一步。

唐朝末年，藩镇割据，互相倾轧。入职三年的韦庄奉诏入蜀，去调和西川节度使王建与东川节度使顾彦晖之间的矛盾，谁知韦庄未及抵达，东川王建已经击败西川，占据蜀地。王建早闻韦庄才名，欲重金留他于幕府参政，韦庄婉言谢绝。回到长安的韦庄，继续受到冷遇和漠视，郁郁不得志。

世事总是难料，韦庄六十六岁那年，宦官发动宫廷政变囚禁昭宗，私拟圣旨，立太子李裕为帝，掐灭了韦庄对晚唐的最后一缕幻想。他不得不离开长安，入蜀投奔王建。公元907年，唐亡，七十一岁的韦庄绝食，大哭三天三夜。此后，古稀之年的韦庄辅佐王建建立蜀国，以毕生所学和政治才能辅佐君王治国理政，七十五岁逝于宰相任上。

这首《菩萨蛮·其二》应为韦庄在成都时，怀念洛阳和江南所作。

"人人尽说江南好，游人只合江南老"，"尽"即都、全部的意思。"合"是应该的意思。人们说，每个未到过江南的人都无比向往江南的美和好。人们又说，每个到过江南的游人，都觉得应该在江南这样的地方终老，才幸福完美。

在词人眼里，江南景色确实美轮美奂，那一江春水澄澈碧绿，比天空的颜色还青还净。游人悠闲地躺在画船里，伴着淅淅沥沥的江南雨声，安然入梦。江南的女子如此迷人，她们如月亮一样清亮，皓腕凝雪，当垆劝酒，让你在春风里沉醉。总之，一切多么美好。

可置身江南的词人，内心总有一些隐隐的痛楚，就像王粲在《登楼赋》中所言："虽信美而非吾土兮，曾何足以少留。"江南信美，却不是我的故土，我何尝愿意久留？

所以，这首《菩萨蛮》开篇即暴露了词人的真实想法。江南那么好，那是你们的传说，词人心目中，却是"未老莫还乡，还乡须断肠"。只这断肠二字，满含血泪，已不是他乡之好所能承受。

自古文人写断肠，莫不是相思、思乡之词，譬如"断肠人在天涯"，又如"最关情漏声正永，暗断肠花影偷移"等。可见，韦庄的"未老莫还乡，还乡须断肠"，正是魂断他乡的痴语。

一个"莫"字，折射出词人深婉而沉痛的心绪。诚然，"情眷眷而怀归。"人到暮年，会特别思念家乡，渴望回归故土。

词人在江南亦意气风发，政治才能有了用武之地。但他乡虽好，终非故土。江南之美，名扬天下，然为逃避战乱而寓居在此的他，又从哪里找回归属感？

词人在洛阳时间虽不长，但他在那里写下成名作《秦妇吟》，功成名就之地，总是难忘。词人把洛阳当作第二故乡，以洛阳为故土，还有另外一层含义，唐王朝最终亡于洛阳，洛阳是唐王朝的东都，是故国的象征，也是韦庄心底永远依存的根系。寓居在江南的他，成了无根的人，倍感凄苦。

想还乡的词人，有着不能还乡、不得还乡之苦衷。对于家破人亡的他来说，弥漫着战乱烽火的中原故地，才是他孤独的来源，他的断肠之地。

这种深深的孤独感，潜伏在他内心深处，时不时悄悄冒个头，风乍起，吹皱一池静水。

类似这样的"风乍起"，在《菩萨蛮·其五》中亦同样展露
无遗：

洛阳城里春光好，洛阳才子他乡老。柳暗魏王堤，此时心转迷。
桃花春水渌，水上鸳鸯浴。凝恨对残晖，忆君君不知。

——韦庄《菩萨蛮·其五》

在他心里，洛阳城的春光也是千般的明媚美好。花城洛阳，
春天正是牡丹盛开、姹紫嫣红之时，唐朝又处在洛阳牡丹极盛的
时期，词人在《秦妇吟》中开篇就写"中和癸卯春三月，洛阳城
外花如雪"，可谓明证。垂老的韦庄留恋的，不是艳丽的牡丹，
而是洛阳的杨柳和桃花。"柳暗魏王堤"写洛阳柳之盛，之多。
魏王堤是洛阳一处名胜，在洛水之畔。唐太宗宠爱次子李泰，封
李泰为魏王，把这处名胜也封给魏王所有，因此得名魏王堤。魏
王堤种植大片垂柳，白居易在《魏王堤》中提及："花寒懒发鸟
慵啼，信马闲行到日西。何处未春先有思？柳条无力魏王堤。"
亦写魏堤柳林之盛。

魏堤柳暗，当时曾呼朋携侣，信马游冶，年少意气，谈笑风生。
词人身在洛阳之时，正春风得意，自是流连忘返。而如今，故国

不堪回首，回首梦碎。词人想起洛阳故景，已不知今夕何夕，犹如庄生梦蝶，不知庄生是蝶，抑或蝶是庄生。词人亦不知故乡是梦，抑或现实是梦，真是洛阳一别，恍若隔世。

柳即留，由是，词人此时心转迷矣。

魏王堤上，柳林最盛，间或杂种桃花。河洛一带，大型木本花树中，人们性喜桃花。桃花一树，宛如轻云，淡淡的粉，不浓烈，却娇艳，不绰约，却风情，有云雾缭绕，如梦似幻的美。若桃花开在浓密的柳之中，又是苍翠的绿，托住这块粉的轻云，仿佛寻常日子中突如其来的惊喜。这粉的轻云倒映入洛水之中，又是花团锦簇的一汪情愫了。

桃花是情事，《诗经》中早有"桃之夭夭，灼灼其华，之子于归，宜室宜家"的美好祝福。崔护的"人面桃花相映红"亦尽人皆知。民间把遇见爱情叫"走桃花运"，可见桃花可以带来情缘。鸳鸯也关情事，亦可从《诗经》中找到滥觞。《小雅·甫田之什》"鸳鸯于飞，毕之罗之。君子万年，福禄宜之"，喻夫妻和谐。卢照邻写道"愿做鸳鸯不羡仙"，男女双宿双飞，为人生最羡慕称道的事情。

魏堤的桃花云中，洛水的鸳鸯浴里，有美人侍立，待词人回家。只是，时光易老，青春不再，在残阳的余晖中，天各一方，望尽天涯路，思君君不回，忆君君不知。

那柳，那桃花，那鸳鸯，所谓伊人，所谓家国，同这洛阳春光，同这洛阳才子，已成生年旧事。"未老莫还乡，还乡须断肠。"他这个洛阳才子，只能在江南的春色里孤独终老，老成这辈子无法释怀的恨，老成这一生无法抚平的伤。

山抹微云，天连衰草，画角声断谯门。暂停征棹，聊共引离尊。

多少蓬莱旧事，空回首、烟霭纷纷。斜阳外，寒鸦万点，流水绕孤村。

销魂。当此际，香囊暗解，罗带轻分。谩赢得、青楼薄幸名存。

此去何时见也，襟袖上、空惹啼痕。伤情处，高城望断，灯火已黄昏。

——[宋]秦观《满庭芳·山抹微云》

秦

观

寂寞人间五百年

有一位词人，相传是苏东坡的妹夫，爱写情诗，在世人印象里，他是个温文尔雅、才貌双全的白面书生，风流又多情，和晏小山同列为古之伤心人。

他就是秦观。秦观，字少游，号淮海居士，扬州高邮人，生于宋仁宗皇佑元年（公元1049年），苏门四学士之一，一生著述颇丰，诗词文赋均有成就，北宋婉约派代表人物。

最初知道秦少游这个名字，是在"苏小妹洞房三难秦少游"这个故事里，说的是秦少游到老师苏东坡家里做客，见到貌美如花、聪颖机敏的苏小妹，惊为天人。苏小妹也对这位帅气儒雅的秦学士芳心暗许，郎才女貌，两人喜结连理。洞房花烛夜，苏小妹巧出对子考验新郎的才气，秦少游机敏应对。不想，在最后一关"闭门推出窗前月"处卡了壳。还好苏东坡投石相助，让抓耳挠腮的秦学士茅塞顿开，以一句"投石冲开水底天"，欢欢喜喜抱得美人归。

"苏小妹三难新郎"出自明末清初冯梦龙纂辑的小说集《醒世恒言》。真实情况是，苏东坡只有一个姐姐，出嫁后没多久就去世了，没有妹妹一说。秦观的妻子是谭州宁台主簿徐成甫的女儿徐文美，苏小妹只是一个文学故事人物。

不过，即便史实如此，依然不影响世人津津乐道，苏小妹和秦少游的故事被改编为越剧、豫剧、黄梅戏等戏剧，千载永流传。

这则风流佳话之所以源远流长，一方面是因为人们对才子佳人、自由恋爱的期许，另一方面也许是出自对秦少游的偏爱。秦少游是苏东坡的得意门生，为苏秦两家缔造些浪漫情话，似乎更能迎合世人的猎奇心理，更富有人情味。

笔者认为或许还有一个原因，秦观诗词中的对仗句特别多，既工整又醒目，成为一大特色。

譬如，这些精妙绝伦的对句：

"自在飞花轻似梦，无边丝雨细如愁。"

"有情芍药含春泪，无力蔷薇卧晓枝。"

"芝兰不独庭中秀，松柏仍当雪后青。"

"月明船笛参差起，风定池莲自在香。"

"夜月一帘幽梦，春风十里柔情。"

"雾景一楼苍翠，薰风满壑笙簧。"

还有表意凝练的四字对仗短句："红蓼花繁，黄芦叶乱""雾失楼台，月迷津渡""驿寄梅花，鱼传尺素"等，不胜枚举。

这些句式平仄相对、意义相关，极富音乐美，读起来朗朗上口，为人们喜闻乐见。所以冯梦龙等小说家以"巧结对子"为引子，佐以情事广为传唱。

无疑，所有的传颂均源自对苏东坡、秦观两人的由衷喜爱，多才有趣的苏东坡自不必多言，被赞为婉约词宗的秦观，他的词亦脍炙人口，受到古今诗词爱好者追捧。

　　《宋史·艺文志》记载，某一天，秦观路过会稽这个地方，当地的太尉非常仰慕他的才华，热情地在太尉府里摆酒设宴，对他盛情款待，还特地找来几个歌妓在酒宴上歌舞助兴。其中一个歌妓早就听闻过秦观的大名，如今得以见到本人，不胜倾慕。秦观也被她曼妙的身姿、缠绵的歌声所吸引，满满的欣赏和怜惜。曲终人散，依依辞别之际，应歌妓之邀，词人泼墨挥毫，为她量身谱了一首新曲，赢得满堂喝彩。这就是这首《满庭芳·山抹微云》的由来。

　　《满庭芳·山抹微云》可谓秦观婉约词长调之冠，历来为后人所赞赏。词中有音韵谐美的对仗句子，如"斜阳外，寒鸦万点，流水绕孤村"对"伤情处，高城望断，灯火已黄昏"，另有"香囊暗解，罗带轻分""山抹微云，天连衰草"等精致玲珑的短句，为这首词增添几分言外之味。

　　这首词一如秦观含蓄哀婉、情韵兼胜的婉约词风，于凄厉薄凉中直击伤心离情，抒发了仕途不遇、潦倒落魄的词人与前尘似梦、身世飘零的歌妓共有的迷茫与伤感，浓浓的身世之感，让人沉浸和共情，不能自已。

　　这首曲子很快在士大夫的酒宴上被歌女广为传唱，同时也在坊间酒肆盛传，风靡一时。首句为恩师苏东坡所称道，苏轼调侃道："山抹微云秦学士，露花倒影柳屯田。"言秦观此词婉丽无比，缠绵悱恻之处大有柳永词风，由此秦观得了一个"山抹微云秦学士"

的雅号。

"山抹微云秦学士"自此红遍大宋南北，一则与之有关的逸闻趣事足以说明。据说，秦观的女婿范温一次外出赴宴，因名气不够遭到宴请客人的冷眼。有人问起他的身份，范温叉手而对曰：某乃"山抹微云"之女婿。众人马上明白过来，原来他是秦观大才子的女婿。于是，满座哗然，纷纷过来和他打招呼，对他刮目相看。

同为"苏门学士"的晁补之对这首词亦大为欣赏，言之凿凿："此语虽不识字者，亦知是天生好言语。"不识字者都能品出是好言语，如此来看不是一般的推崇。

这首词中，不仅饱含着词人的一往情深，凄厉情肠，同时也刻画如绘，展示一种独特的画面美感。

"山抹微云，天连衰草，画角声断谯门。"一个"抹"字，颇得画工之妙，将会稽山之厚重，流云之轻巧、缥缈和游移，描摹得准确传神。一个"连"字，虽有黏合之意，却无须用力，有着那么一点的相连相接，还有那么一丝的空隙和疏离，造就一种恰到好处的距离。两个动词的匠心独运，让这一句少了凝重，多了几分生气和律动。

会稽山上，清淡的云朵像是水墨画中涂抹上去的一笔；会稽城外，枯草和远处的天空相接相连，无穷无际。城门高楼上凄凉

的号角声，时断时续地传来，更增添一种别离愁绪。词人从形色、远近、视听三方面巧妙入笔，引人遐想，创造出情景交融的独特美感，兼而又有登高望远、极目天涯之意，词境于此宕然开阔，自然而然转入惜别伤怀的主题。

"多少蓬莱旧事，空回首、烟霭纷纷"，在这弯暮霭苍茫、虚幻迷离的饯别宴席上，宾客举杯共饮，聊以话别。词人回首前尘，如烟往事，齐聚心头，滋味千般，所以"寒鸦万点，流水绕孤村"一句水到渠成，不失为点睛之笔。词人叹息，那些曾经拥有的美好岁月，那些那么真实地抚慰过他孤寂心扉的美好瞬间，就这样一去无返。夕阳西下，万点寒鸦漫卷在灰色的天空，一弯流水绕着孤村幽咽穿行，好一个凄凉所在。

下片用"销魂、当此际"二句过渡，以澎湃之声势、悲情承上启下。情有多真，离别就有多么不舍，"香囊暗解，罗带轻分"，临别时刻，他们互赠礼物，难舍难分。都道是一场场的别离，徒然留下青楼薄情的轻薄名声，谁知道他的缱绻心意？"谩赢得、青楼薄幸名存"一句，借用杜牧"十年一觉扬州梦，赢得青楼薄幸名"的典故，道出词人内心之悲怆。而眼前的萧瑟晚景，又为这场凄凉的别离营造了最好的底色和注脚。

此一别，山高水远，不知何时再重逢？执手惜别，泪水打湿襟袖。正是这样伤心泪零的时候，那座满载着离合悲欢的城池已经渐行渐远。

夜幕降临，远方亮起万家灯火，而万家灯火中，却没有属于他的那一盏，触景生情，寒湿的夜再次寒湿了他的心。

生性敏感多愁的秦观，因为追随恩师苏轼，作为元祐党人被打压和迫害，命运令他久困于场屋，难以施展远大抱负，现实于他而言冷酷无情，偶然间温情撞坏，却又无力把握，只能以自嘲处之。即使前景渺茫，他也不得不一次次踏上通向远方的漂泊之路。

"伤情处"，一个"处"字，巧妙地完成从抒情到写景的悄然折转，镜头从斜阳西下转换到万家灯火的黄昏：高城里的万家灯火中，映照着行役之人无限的凄楚与孤独。

"望断"这两个字，利索收笔，点破题旨，为前后笔墨增色添彩。眼前景致，由山抹微云的傍晚，到烟雾迷蒙的高楼，再到满城灯火，步步递进，流连难舍尽在其中。

"灯火"是个有着家的味道的词，凝聚着一个天涯漂泊的旅人对温暖安宁的生活的向往和憧憬。黄昏中，秦观手持情人赠予的罗带，伫立船头落寞地回望。奈何，曲终人不见，江上数峰青。

这阕《满庭芳·山抹微云》词境悲凉，可谓断肠之吟，但"体制淡雅，气骨不衰，清丽中不断意脉"，读来沉郁顿挫，令人愁肠百结，有强烈的跌宕起伏之感。

秦观以"我独不愿万户侯，惟愿一识苏徐州"一诗拜倒苏轼

门下，奈何时运不济，历经三次科考才得以中举。从入仕途在蔡州任职，经苏轼引荐为太学博士、进入京城馆阁工作，到受党争迫害贬谪处州，最后被削夺一切职务，流放郴州和雷州，一路坎坷，历经磨难。在郴州简陋的旅舍，无限凄苦与悲凉涌上心头的秦观，挥笔写下千古绝唱《踏莎行·郴州旅舍》：

雾失楼台，月迷津渡。桃源望断无寻处。可堪孤馆闭春寒，杜鹃声里斜阳暮。

驿寄梅花，鱼传尺素。砌成此恨无重数。郴江幸自绕郴山，为谁流下潇湘去。

——秦观《踏莎行·郴州旅舍》

经历了仕途的跌宕起伏，感情的一波三折，秦观将其中荣辱和情感体验融进诗词创作中，通过词作，我们看到了一个真实、直率、感性的秦观。清末词学家冯煦在《蒿庵论词》评价说："他人之词，词才也；少游，词心也。"王国维在《人间词话》亦感慨良多："少游词境最为凄婉，至'可堪孤馆闭春寒，杜鹃声里斜阳暮'，则变而为凄厉矣。"

元符三年，哲宗驾崩，徽宗即位，向太后临朝，大赦天下。被贬的元祐党人纷纷回迁内徙。秦观复任宣德郎，放还横州。

不想，横州之行却成了他的黄泉路。《宋史·文苑传》记载，秦观"至藤州，出游华光寺，为客道梦中长短句，索水欲饮，水至，笑视之而卒"。在梦中得之长短句的欣然一笑中，受尽磨难的秦观无力回天，落叶飘零，客死他乡，享年五十二岁。

弟子秦观去世后，同样遭受贬谪的苏轼痛哭失声："少游不幸死道路，哀哉！世岂复有斯人乎？"他把秦观郴州词作《踏莎行》中最后两句"郴江幸自绕郴山，为谁流下潇湘去"书于扇面，并题句："少游已矣，虽万人何赎！"秦观去矣，一万个人也无法赎回他的价值，悲切之情无以言表。一年后，苏轼同样卒于归途。

清初，大学者王士禛寻迹扬州，伫立于江畔楼头的他，慨然长叹："风流不见秦淮海，寂寞人间五百年！"

肥水东流无尽期。当初不合种相思。梦中未比丹青见，暗里忽惊

山鸟啼。

春未绿，鬓先丝。人间别久不成悲。谁教岁岁红莲夜，两处沉吟

各自知。

——〔宋〕姜夔《鹧鸪天·元夕有所梦》

姜

夔

为你站成风中树，雪中石

若论名气，姜夔远不及苏轼、柳永、欧阳修、辛弃疾那样人人尽知，但他亦是在谈起南宋词坛时自始至终都绕不过的一个词人，在文学史上占据一席之位。

姜夔，字尧章，号白石道人，生于江西德兴一个破落的官宦之家，在诗词、散文、书法、音乐等方面皆有建树，被誉为中国古代十大音乐家之一，是继王维、苏轼之后，又一难得的全才艺术家。

才大自然气盛，年轻的姜夔清高耿介，飘然不群，体态清莹，气貌若不胜衣，望之若神仙中人。当时的名流卿士，争相与他交游往来。诗人萧德藻和他最为情趣相投，不仅让侄女嫁给姜夔为妻，还把他介绍给好朋友杨万里。爱才惜才的杨万里称赞姜夔"为文无所不工"，风格酷似晚唐诗人陆龟蒙，又把他介绍给告老还乡的副宰相范成大。范成大对他亦是极为欣赏，称姜夔翰墨人品酷肖魏晋人物。萧德藻、杨万里、范成大均比姜夔年长，他们几个结为忘年之交。大儒朱熹亦对姜夔青眼相加，特别佩服他的音乐才干。辛弃疾曾和姜夔一起作诗填词唱和。

文人墨客，能聚到一起、喝到一起、玩到一起的，大都旗鼓相当，足见姜夔绝非等闲之辈。

然而，他这个多才多艺的全能高手，却时运不济，漂泊一生。他少年失怙，母亲也很早病逝，十四岁时跟着姐姐生活。成年后屡试不第，终身未仕，辗转于湖州、苏州、杭州、合肥、金陵、南昌等地，靠鬻文卖字和朋友接济维持生计，一生浪迹于江湖。不能不说，时也，命也。

才子大都深情，喜欢将自身的经历、情感融入作品之中，姜夔也不例外。王国维评价姜夔"白石有格而无情"，意思是姜夔的词作格律甚高但缺少感情，实不尽然。

正如他穷其一生都无法脱离寄人篱下的寓居生活一样，终其一生，他都未能走出一段刻骨铭心的恋情。

当年，二十出头的姜夔，正值风华正茂的年纪，长身玉立，俊逸风流。他离开湖北经过合肥，在那里，有幸邂逅一对善弹丝竹的歌伎姐妹。姐妹二人技艺精湛，在音乐方面有着天生的灵性，在她们修长的指尖下，琴声悠扬，仿如春风拂袖；筝声如诉，恰似鸿雁鸣秋水。精通音律的他与其中一位一见钟情，惺惺相惜。但由于当时姜夔居无定所，自己尚游食四方，给不了珍爱的恋人一个温暖的家来厮守终老，两人不得不分开。

此后十余年里，痴情的白石频繁往来于江淮之间，和恋人相会，互诉衷肠。然而当某一次他再次兴冲冲前来，却物是人非，再也找不到伊人行踪。三十七岁那年，他两次到合肥探寻，恋人依旧生死未卜，音讯全无。之后，他便再也没有到过合肥这个伤心之地。

这段刻骨铭心的恋情，让他一生萦怀。伊人无觅，他不得不

借助梦境来寄予对这位合肥恋人的款款深情。因而，他的词具有极为感人的品质，《江梅引》就是其中一首：

> 人间离别易多时。见梅枝。忽相思。几度小窗，幽梦手同携。今夜梦中无觅处，漫徘徊。寒侵被、尚未知。
>
> 湿红恨墨浅封题。宝筝空、无雁飞。俊游巷陌，算空有、古木斜晖。旧约扁舟，心事已成非。歌罢淮南春草赋，又萋萋。漂零客、泪满衣。

——姜夔《江梅引》

姜夔填词时有个习惯，通常会加上一个小序，像记日记一般，详细地写明作词的时间、因由等等，一览无余。再次读到的时候，彼时的心绪起伏一目了然，又到眼前。

《江梅引》的小序写道："丙辰之冬，予留梁溪，将诣淮南不得，因梦思以述志。"说的是宋宁宗庆元二年（公元1196年），诗人留在梁溪（今无锡市），想重回合肥而不得，无法与恋人见面，只好依照梦中所思，作词记述自己的感情。藉记梦而抒怀，落笔如此，白石用情之专之深可见一斑。

时节往往引发文人的相思离愁，所以词人"见梅枝，忽相思"，开门见山，点破主题。

　　在姜夔的心目中，恋人似江边一枝寒梅的形象傲霜夺艳，因而，在他的词中，对梅花的描写成为其毕生写作之情结。

　　这个丙辰年的冬天，姜夔客居梁溪好友张鉴的庄园里，正值园中蜡梅盛放，于是见梅而怀念恋人。昔日的梦中，他曾和心心念念的恋人携手相依，而如今伊人倩影无觅，连梦中也见不到面了，怎不让他黯然神伤，独自寒凉。当此际，好梦成空，心事成非，梦也无由住，信也无从达，天涯漂泊的游子，想起故人，念及旧事，泪湿了衣襟。

　　白石抚今追昔，将自家身世和凄凉悲伤的心境代入诗词，融梦幻与现实于一体，虚实相合，清空淡雅又空灵妙绝，感人肺腑。

　　此生，姜夔所有关于爱情的词作，都是倾诉与合肥恋人的魂梦相依、耿耿心声。他留下的词作仅四十八首，有据可查的是，光写给这位初恋情人的就有二十余首，除了《江梅引》，还有《暗香·旧时月色》《疏影·苔枝缀玉》等佳作，这些诗词清空骚雅，时人曰"读之使人神观飞越"，可与稼轩齐肩，夏承焘先生赞其"在唐宋情词中最为突出"。

　　而《鹧鸪天·元夕有所梦》这首词，则是记录初恋情侣信息和二人浓情蜜意的热恋时光最为显豁的一首。

　　《鹧鸪天·元夕有所梦》作于宋宁宗庆元三年（公元1197年）元宵节，这一年，姜夔四十多岁，距离他和恋人的初相遇已

经二十余年了。

宋朝的节日很多，最隆重、最热闹、最繁华的当属元宵节。元宵节那天，灯山上彩，金碧相射，锦绣交辉，黎民百姓、王公贵族纷纷走上街头，赏花观灯，通宵歌舞，盛况空前。元夕也是年轻人邀约幽会、花前月下的良辰佳节。辛弃疾的《青玉案·元夕》就描述过这样热闹的场景：

东风夜放花千树，更吹落、星如雨。宝马雕车香满路。凤箫声动，玉壶光转，一夜鱼龙舞。

蛾儿雪柳黄金缕，笑语盈盈暗香去。众里寻他千百度，蓦然回首，那人却在，灯火阑珊处。

欧阳修的《生查子·元夕》也有类似句子：

去年元夜时，花市灯如昼。月上柳梢头，人约黄昏后。

"不见去年人，泪湿春衫袖。" 在这普天同庆、万民狂欢的元夕之夜，词人或许没有赏花灯、看节目的愉悦心情，或许担心似曾相识的欢乐场景勾起尘封的记忆，心境沧桑的他无心出去凑热闹，独自困守在空荡荡的寓舍内，郁郁寡欢。

　　漫长的夜，孤眠的人。不知什么时候，他在混混沌沌中沉入梦境。可喜的是，在梦中，他回到了昔日的肥水河畔，见到了朝思暮想的恋人。他想，如若当初不错种相思，何来这么多年难熬之凄凉。可悲的是，即便深受相思、凄凉之煎熬，他还是不舍不忘，希望再睹芳容。奈何，朦胧之中，恋人的面容还未及看得清楚，即被一阵山鸟的啼叫声惊醒，让他无比惆怅。醒来后词人满腹悲愁，像肥水一般滚滚东流。

　　他说，又是一年春来早，草尖儿还未蓉蓉如烟，他的双鬓已飞满银丝。他和她，已分离得太久太久，久得连梦中她的容颜都模糊难辨，久得像淡去了想起她时的锥心之痛。

　　在这红莲花点亮的元夕之夜，守着天上同一轮月亮，相知相爱的两个人却天各一方，各自沉吟，孤独地饮尽相思苦酒。

　　人们常说时间是治愈一切的良药，所有放不下的人，过不去的坎，忘不了的事，是否终有一天，会被时间冲淡？

　　"惊觉相思不露，原来只因入骨。"或许，那些深入骨髓、如影随形的记忆，只是暂时隐去锋芒，在你毫无防备的某一刻，它只稍稍冒个头儿，就令你痛，让你沦陷。这正是《鹧鸪天·元夕有所梦》所要表现的主题。

　　"不合"即不应该，词人理性下却有悔意，在情感上却兀自坚持。"丹青"比拟情人的画像。"谁教岁岁红莲夜，两处沉吟

各自知"一句与李清照"一种相思，两处闲愁"有异曲同工之妙。红莲，指灯节的花灯。周邦彦《解语花·上元》一诗中有："露浥红莲，灯市花相射。"

"人间别久不成悲"是一句令人绝望的词。它不是"老来情味减"，而是经历过太久、太长的见而无望，渐渐地失却痛哭流涕的悲伤，只剩下深入骨头的念想。

张爱玲的小说《半生缘》里就讲述了这样一个让人心酸的故事。世家子弟沈世钧与家境贫寒的顾曼桢两情相悦，不料因为一场误会，二人赌气未曾相见。岂知，这一次短暂分离，竟决定了他们今后的人生轨迹，两个人从此天涯相隔。当曼桢再次见到她一直深爱着的世钧时，却什么也说不出来。她明白，他们之间隔山、隔海，隔着分离后漫长的十四年光阴，跨不过去的不仅仅是各自的家庭和子女，还有那些错过的无法逾越的岁月深渊。她只能痛心地对昔日的恋人说："世钧，我们回不去了。"

这个世界，什么都有，就是没有重来和如果。这是顾曼桢的悲哀，也是姜白石的悲哀。

在词中，这般可意会不可言传的心绪，这般真切的痛楚和伤痕，不是诉求于哭泣与呐喊、咏叹与歌唱来直抒胸臆，而是通过极雅的文字、极清的意境表现出来，以清健之笔，描摹铭心刻骨的深情，别具一种峭拔隽永的情韵。

　　因一生布衣，他居无定所；因江湖浪迹，他不得与恋人厮守；因困窘贫寒，他离世时靠友人捐资，才勉强葬于杭州钱塘门外的西马塍，入土为安。

　　然而，当挚友张鉴提出帮助姜夔捐取官职来谋取俸禄，风骨耿介的他摇头拒绝；当朋友提出为他买田置院以保晚年安稳度日，他亦婉言谢绝。

　　这样一位全才艺术家，一生清贫，却没有渴求富贵功名的焦虑与不平，没有生存艰难的牢骚与愤懑，更没有借山水风月来平衡心态的虚空与矫情，而是守着深深的孤独与凄苦，沉迷于诗书音画的纯净，写清空高洁的诗赋，画风神峻拔的书画，谱清刚婉丽的曲子。

　　世间一切都可以伤人，改变了的可以伤人，不变的也可以伤人。没有她的日子里，他孤傲地站成一棵风中的树，一块雪中的石，满身冰晶。

　　他写诗，依托幻梦，释放忧伤。他说，人间别久不成悲。

江南岸，柳枝；江北岸，柳枝；折送行人无尽时。恨

分离，柳枝。

酒一杯，柳枝；泪双垂，柳枝；君到长安百事违。几

时归？柳枝。

——[宋]朱敦儒《柳枝·江南岸》

朱

敦儒

斟一杯不送祝福的送别酒

偶尔闲暇，一卷宋词在握，斜倚床头，乱翻书。

瞥见了朱敦儒的这首《柳枝》，漫不经心读下去，有绿莹莹的诗意曳出书页，盈盈绕耳，让我情不自禁想笑出声来。

笑这朱敦儒，不知某一刻触犯了哪根敏感的神经，怎么就和柳枝较上了劲，柳枝，柳枝，像在呼唤谁一般的殷勤，一而再，再而三，三而四，那么固执而大声，颇有些童真的执拗。

再次上下看过，词阕的下面有这样一行小字注解："柳枝：唱曲时众人的和声，无实意。"大煞风景，感觉这词境刹那意兴阑珊。是呀，原本是好好的脆生生一出柔情铺就的诗笺，画面上飞扬着声音、色彩，有形的，流动的，怎么无端成了"无实意"。成了我一厢情愿？多有不甘。

于是，再找资料进一步查证，果然有更贴切的解释：柳枝，为词中反复出现的伴唱声，和声字有时只起和声作用，有时另有意义，古人有折柳送别的习俗，这首词中的"柳枝"声义兼有，表离别相送之意。

心中顿时豁然，对朱敦儒倚声填词的能力愈加佩服。

因"留"取"柳"的谐音，在古诗词中，柳枝总是与离别息息相关。《柳枝》也即《杨柳枝》，此调的前身乃北朝乐府横笛曲《折杨柳》，玄宗皇帝开元年间载入教坊曲，后经白居易、刘禹锡二人的整理和改编。白、刘二人依旧曲作词，翻为新声，常以哀怨作为底色，抒写离别、羁旅行役之苦。

柳枝，柳枝，这句和声在词中六次出现，回环往复，犹如重章叠句，一唱三叹。

静静地读几遍，分明有深情的呼唤余音袅袅，溢出诗外。明眸皓齿的女子，云袖清扬，一遍遍叮嘱着即将启程的远行人。柳枝，柳枝。是挽留的气息，是难舍的气息，是思恋的气息，是怀望的气息，在字里婉转迂回，生生不息。一句一句来读，心魄和音调都如许翠色如流，和风依依，不忍折枝。

这首送别词，写一个女子不情不愿地送丈夫北上求取功名时的情景。

"江南岸，柳枝；江北岸，柳枝；折送行人无尽时。"女子在江南岸送别丈夫，江北岸是丈夫要去的地方。那人就要渡江北去，女子心乱如麻，孤苦无依。

江边依依杨柳绊人衣，更勾起她的离愁别恨。她折柳相送，心底忍不住泛着酸楚：眼前滔滔的江水，终将成为她和他之间跨不过去的银河。河岸上丝丝杨柳，在风中飘来飘去，让人无休无止折柳相送，何时有个尽头？

情绪烘托至此，不免忿忿有声，直抒胸臆："恨分离，柳枝。"

她要送别的丈夫呢，却振振有词，不以为意，他说好男儿志在四方，大丈夫要功成名就，要到广阔天地去施展抱负实现远大

志向，建功立业，光宗耀祖，任是怎样的深情都挽留不住他执意要走的决心。女子泪雨纷纷，为丈夫设宴饯行。

出乎意料的是，为夫君斟满一杯送别酒的她，并没有同时奉上"祝君此去一帆风顺""春风得意""诸事称心"等诸如此类的祝福的话，而是噙着泪眼，小嘴嘟囔着说："君到长安百事违"，祝愿丈夫到京城百事不利，事与愿违。

实在匪夷所思。

其实不然，女子自有她的打算她的小算盘：如果丈夫此去京城，一路顺风顺水，吉星高照，进士及第，官运亨通，那他就不会早早回家。为了早日夫妻团圆，和她举案齐眉烟火人生，她道出了盘桓在心底好久好久的真心话：宁愿丈夫到京城百事无成，失意而归。

人生何其短，不过数十年，她只要和他两相厮守，开开心心过寻常日子，这是她不变的初心。金钱和地位，什么都不重要，她只要他这个人早早平安回来，多么质朴真诚的心思。

这样的词切中了很多留守女子的心理。王昌龄《闺怨》一诗显而易见：

闺中少妇不知愁，春日凝妆上翠楼。

忽见陌头杨柳色，悔教夫婿觅封侯。

——王昌龄《闺怨》

丈夫崇尚"功名只向马上取，真是英雄一丈夫"，他要从军远征，立业建功，妻子没有劝阻。如今，那人归期遥遥，音信全无，让浪漫天真、从不识愁的闺中少妇心事重重，每日里登楼远望不见归人，看到路边的杨柳又返青色，随风依依，她多么后悔，后悔让丈夫为求取功名远离家乡，留下她孤零零一个人独自守候，寂寞而凄苦。

七百年后，清朝诗人袁枚在《寄聪娘》中亦有共情。

一枝花对足风流，何事人间万户侯？

生把黄金买别离，是侬薄幸是侬愁。

——袁枚《寄聪娘》

聪娘姓方，是诗人的爱妾。诗人离开江南前往山西做官，重性情的他依依不舍地和爱妾方聪娘告别，他写诗安慰聪娘：今生的你做一个如花的女子已经很好很幸福了，让夫君建树封侯的功业、飞黄腾达有何意义，为了毫无温度可言的金钱，相亲相爱的两个人生离死别多么不值得，这是你的薄情，也是生发孤苦愁怨的根源。我希望你能知道，我的愁肠也与你一样纠结。小诗直抒胸臆，充满无奈之感。

比较而言，《柳枝·江南岸》中的女子更加通透、理智，有

着深刻的忧患意识。当然，这种意识是词人赋予的。朱敦儒对官场、仕途的态度亦显而易见。

朱敦儒，字希真，号岩壑，又称伊水老人、洛川先生。他生于洛阳一个富庶的家庭，不须为生计考虑的他，像所有富家子弟一样，年轻时经常狎妓冶游，和酒朋诗侣一起射猎西苑，走马东郊，在西都洛阳一带占尽风流，风头无两。

他自比梅花，清高自许，不屑与众芳争艳。靖康之变前夕，宋钦宗曾召他至京师，授以学官，朱敦儒坦陈自己"麋鹿之性，自乐闲旷，爵禄非所愿也"，谢过了皇上，拂衣还山，《鹧鸪天·西都作》大约作于此间，明心见性：

我是清都山水郎，天教分付与疏狂。

曾批给雨支风券，累上留云借月章。

诗万首，酒千觞，几曾着眼看侯王？

玉楼金阙慵归去，且插梅花醉洛阳。

——朱敦儒《鹧鸪天·西都作》

《鹧鸪天·西都作》豪气冲天，仙味十足。词人以天宫掌管山水的郎官自居，笑称自己性本疏狂，吟诗万首，饮酒千觞，且插梅花醉洛阳，何曾正眼看过那些有权有势的侯王将相。其鄙弃世俗权贵、潇洒不羁爱自由的性情暴露无遗。

金兵南下之时，朱敦儒被迫避难岭南，不得不过着寄人篱下的生活。家国沦陷，生灵涂炭，把词人从风花雪月的浪漫中惊醒，他像同时代的许多有志之士一样，书写多篇郁勃于胸的故国之思，表达去国怀乡的愤慨：

　　放船千里凌波去。略为吴山留顾。云屯水府，涛随神女，九江东注。北客翩然，壮心偏感，年华将暮。念伊嵩旧隐，巢由故友，南柯梦、遽如许。

　　回首妖氛未扫，问人间、英雄何处。奇谋报国，可怜无用，尘昏白羽。铁锁横江，锦帆冲浪，孙郎良苦。但愁敲桂棹，悲吟梁父，泪流如雨。

　　　　　　　　——朱敦儒《水龙吟·放船千里凌波去》

李清照的《词论》中有这样的观点：词宜言情，诗言志和叙事。朱敦儒则进一步扩大了词体抒情言志功能，不仅以词来抒发内心情感，而且用词表述社会现实，使诗与词的功能逐步合二为一，给后来的辛派词人以更直接的启迪和影响。这首抒发词人对国事的关切和壮志难酬的《水龙吟》即是最恰切的说明。

才大之人自然时时遭人惦记。宋高宗时期，有人又以"经世

之才"的名头向朝廷推荐朱敦儒，高宗任命他为右迪功郎，督促他赴临安任职。在众亲朋的劝导下，他不得不应诏前行。到临安城后，他被赐为进士出身，授予秘书省正字，尔后仕途顺遂，一路高升。绍兴十六年（公元1146年），朱敦儒因与主战派李光交往，受到弹劾，罢官去职。

罢职的朱敦儒遂隐居嘉禾，以诗词独步山水。奈何他不招麻烦，麻烦偏偏躲不过。奸相秦桧想让朱敦儒教授其子秦熺作诗，料想会被拒绝，就动用手中权力任用朱敦儒的儿子为删定官，予以牵制。缘于爱子护子，朱敦儒不得不在七十五岁的高龄时，接受秦桧任命的鸿胪少卿一职。不到一个月，秦桧死去，朱敦儒随即被废黜。但这段经历却成为他一生污点，被世人诟病，晚节不保。

这对于自乐闲旷、不以功名、仕途萦心的他来说，不能不说是白璧之玷。于是，他归隐山林，潜藏在诗文里，去寻求解脱，以释解内心的痛苦与孤独。

诚然，在《柳枝·江南岸》这首词里，他对仕途、对官场早有清醒认知，但万事原来有命，终让人身不由己。

暮年孤居林泉的他，不在梅边在柳边，且将樽前酒斟满。

他饮酒赏花，自得其乐，不须计较与安排，领取而今现在。无人再来招惹和惦记，终于过上了自己最向往的生活。

烟暖雨初收，落尽繁花小院幽。摘得一双红豆子，低头，说著分携泪暗流。

人去似春休，卮酒曾将酹石尤。别自有人桃叶渡，扁舟，一种烟波各自愁。

——［清］纳兰性德《南乡子·烟暖雨初收》

纳兰

性德

我是人间惆怅客

　　有些人生下来就带着与生俱来的责任和使命，无法抗拒。

　　纳兰性德，字容若，被誉为"清朝第一词人"。他生于贵胄之家，父亲纳兰明珠是康熙在位时的重臣，母族是皇室，他是御前侍卫，随驾亲征，风头无两。

　　这份风光和地位，许多人奋斗一生都求之不得，纳兰容若得之轻易，却并不是他喜欢的。为了家族的荣耀和发展，他不得不默默接受。所以，虽然他对本职工作恪尽职守，但是自始至终，向往自由却身不由己的纳兰容若都不怎么快活。

　　好在上天眷顾，让他在成年之后遇到佳偶良伴。康熙十三年（公元1674年），二十岁的纳兰容若娶两广总督卢兴祖之女为妻。成婚后，两人琴瑟和鸣，感情甚笃，纳兰沉醉于新婚的美满甜蜜之中。他为清灵婉丽的妻子写诗，记录二人两情相悦的相处时光：

十八年来堕世间，吹花嚼蕊弄冰弦。多情情寄阿谁边。
紫玉钗斜灯影背，红绵粉冷枕函偏。相看好处却无言。

　　　　　　　　　　——纳兰性德《浣溪沙·十八年来堕世间》

　　在词人眼里，卢氏吹花嚼蕊，品性高洁，好像仙子降临凡尘。这位仙子不仅相貌不俗，而且才情卓绝、冰雪聪明，弹得一手熟练的琵琶曲，特别喜欢用丝竹寄托情怀。朦胧的灯光下，他眼神脉脉地凝望着妻子清丽的玉容、娴静的身姿，感觉时间仿佛已停滞不前，他想要美美地赞赏她一番，奈何所有的语言都躲闪，令他捉襟见肘，苦恼得找不出一语好词句，来将爱妻的"好"全部表达出来。

"吹花嚼蕊弄冰弦""相看好处却无言"，每一句都是澎湃心声，满满都是对爱妻卢氏的宠溺与怜爱。门第相当，郎才女貌，多么和谐美满的一对。诗为心声，令人称羡。

可惜，这份小确幸并没有维持多久。纳兰二十二岁时，卢氏因难产而死。三年相依一朝散，让情深义重的纳兰性德痛苦不堪。他咽泪吞声，写下数篇悼亡词怀念亡妻，祭奠他和卢氏之间的恩爱情愫，字里行间无不凄恻婉绝，肝肠寸断。

一个霜冷雾寒的秋日，纳兰容若到边防执行公务，策马穿行于旷野之中的他，骤然听到云中传来一阵凄厉的雁声。抬眼望去，只见一只离群孤雁在初秋的风中哀鸣阵阵，缥缈远去。此情此景，让纳兰不由地联想到自家身世。一路鞍马劳顿的他，身边既无亲人嘘寒问暖，又没有朋友把酒言欢，形同一只孤雁，愁苦难对人言。晚上露营时，他孤灯独对，泼墨挥书，将心绪付之笔端："霜冷离鸿惊失伴，有人同病相怜。拟凭尺素寄愁边，愁多书屡易，双泪落灯前。"借离群孤雁，表达同病相怜的痛楚心声。

他明白悲愁毫无益处，却无法轻装撤离。"莫对月明思往事，

也知消减年年。"在词的下阕,他一再告诫自己,莫要再对着明月遥想往事,那样只会让人衣带渐宽,形影愈加憔悴。

痴情的词人,此心堪怜。然而,这样的提醒何其苍白,情至深处,焉是自己可以掌控?

辛苦最怜天上月,一昔如环,昔昔都成玦。若似月轮终皎洁,不辞冰雪为卿热。

无那尘缘容易绝,燕子依然,软踏帘钩说。唱罢秋坟愁未歇,春丛认取双栖蝶。

——纳兰性德《蝶恋花·辛苦最怜天上月》

望月怀人成为纳兰容若穷尽一生也走不出的渊薮,这首《蝶恋花》就是最真切的证言。

纳兰说,最辛苦的就是天上的月亮了,一月之中,只有一个夜晚如玉环般圆满,其余都如玉玦般残缺,让人生怜。月缺犹离,卢氏生前,由于纳兰常伴驾出巡,夫妻俩聚少离多。去世后的卢氏曾在梦里留言给丈夫:"衔恨愿为天上月,年年犹得向君圆。"纳兰想象着天上的这轮皎月就是自己日夜思念的亡妻。

"若似月轮终皎洁,不辞冰雪为卿热",这个典故出自《世说新语》。三国时,一个寒冷的冬日,荀粲的妻子不幸染病,全身发热,高烧不退，难受至极。那时尚没有特效的退烧药，为了给妻子降温，荀粲去到室外，脱去上衣站在风雪中，等自己全身冻得冰冷时，回屋给妻子降温。苍天无情，妻子还是没挨过去。由于受到风寒，不久，荀粲亦随之而去。纳兰借这个典故，向妻子深情倾诉：为了和她日日相见，他愿不畏月宫之寒，为妻子夜夜送去温暖，来弥补心中的亏欠。

然而，梦毕竟是梦，纵然悲歌当哭，挽歌唱响九霄之外，词人内心的孤独和愁情仍然未能消解，梦中醒来，依旧是冰冷的现实。

触目所及，都是往事的痕迹，对伊人的怀恋分毫未减，于是，就有了这首悼亡词《南乡子》。

烟暖雨初收，落尽繁花小院幽。摘得一双红豆子，低头，说着分携泪暗流。

人去似春休，卮酒曾将酹石尤。别自有人桃叶渡，扁舟，一种烟波各自愁。

——纳兰性德《南乡子·烟暖雨初收》

"烟暖雨初收，落尽繁花小院幽。"纤若星茫的小雨走走停停、停停走走了几日，好像自己也有些倦怠了，在这个清晨终于

得以住歇。雨停后，风轻快了许多，遥遥的天际间升腾起一层和暖的烟岚，让那些远树、原野泊在烟岚里，呈现出如许朦胧的轮廓，疑是记忆的模样，让人沦陷。

小院里，繁花落尽，一地斑斑驳驳，红红白白花底心事，触目，惊心。

院子东南隅，种着一棵红豆树，攒在枝头的红豆，在这一片斑驳中显得愈加珠玉莹莹，娇艳夺目，灼痛诗人凝望的眼眸。他摘下两粒，握于掌心，两颗红豆带上了他的体温，成了温润的两粒儿。

"红豆生南国，春来发几枝。愿君多采撷，此物最相思。"凝望着掌心里的红豆，他陷入沉思。

卢氏本是"南国素婵娟"，自小喜欢生于南国的红豆树。成婚后，他和她一起在院子里种下这株红豆树。她说：此物寄相思，君行当记取。那时的她，正值豆蔻年华，"生而婉娈，性本端庄"，一双横波目秋水澄澈，鲜亮的衣袂间浮漾着淡淡馨香，让容若沉迷，深陷。彼时，他少年才俊，雄姿英发。相携在这株红豆树下，他们月下吟诗，花前品茶，诉不尽儿女情长。也曾长亭短亭，好在欢聚总在别离后，执子之手，像手心这两粒红豆一样依偎取暖，那是一段明亮而温暖的日子。

如今，红豆还在，树还在，一起在树下吟诗唱和的人，他的妻，心仪的爱人，却上穷碧落下黄泉，两处茫茫皆不见，任他在诗中千呼万唤，再也触不到她的气息。

生命里的一场风雨，一次劫难，把他的春天生拉硬拽血淋淋地剥离，没有人顾及他的疼痛。伊人远去，阴阳暌隔，留给他的，只有凄楚的回忆。

又是一年暮春，又是一场雨后，阶下落红零乱视线，红豆盈枝，噬人心魄，怎不让他凄楚难抑，黯然伤神。

"摘得一双红豆子，低头，说著分携泪暗流。"这一句宛如白绢上刺绣的艳丽花朵，有着针黹的惊艳，语得分明的酸辛。

红豆系相思之物。这样的季节，此情此境，词人目睹旧物，不能不怀人，不能不感伤。"泪暗流"，不禁凄楚。

所谓"有声当彻天，有泪当彻泉"，痛苦到极致，如果能号啕痛哭一场也就罢了，声嘶力竭地哭，哭天抢地地哭，将心中所有的凄苦呼号出来，倾盆大雨，泪如涌泉，浇个透彻，流个彻底，算一份情愫耗尽，去一缕无端纠缠。

最怕的就是这般凄厉情肠，往往复复，缠缠绵绵，幽幽咽咽，衷肠痛断。譬如"明月夜，短松冈"，譬如"绿兮衣兮，绿衣黄裳。心之忧矣，曷维其亡"。

在生活和记忆中留下的创痕，其实就是一些小小的细枝末节，那么细小，微乎其微，却忽而在一刻情与景的提示之下，锋芒毕现，字字如凿，此时扎痛你，彼时还饶不过。"人去似春休"，

此情何日休？他知道，终将逃不过的。

"卮酒曾将酹石尤。"诗人在这里提到了酒，是的，情之所至，终端之激烈，不能不说到酒，情和酒，一样的穿肠裂肺。世人说酒入愁肠化作相思泪，世人还说借酒浇愁愁更愁。借了酒的热烈和灼人，终使素日说不清道不明的情愫，在半酣半畅的醉意中蓬勃滋长，尔后在酒酣耳热之际不吐不快，杯酒相诉。情和酒，两两相投。

"石尤"一说，出自古代另一典故。说是一姓石的女子，嫁给一姓尤的男人，男耕女织，日子虽不富裕但夫妻恩爱。后来，尤郎以生计为由，背井离乡外出经商。石氏哭哭啼啼，以两人的夫妻感情劝阻，但郎君去意已决。之后一别数年，尤郎音信全无，生死未卜，石氏孤苦地独自留守，苦苦等着爱人归来。思念至极，卧床不起。临终前，她凄惨地向亲朋哭诉："我好后悔当初没能留住尤郎，才有了今日的生离死别。我去之后，要化作一阵大风，只要遇到即将远行的客船，就一定把他们阻拦，替天下女子留住她们的夫君。"这就是"石尤风"的由来。石氏死后，她家门前的江面上果然时常刮起大风，阻碍附近商船通行。

卮酒，古代盛酒器皿。酹，指将酒倒在地上。纳兰以酒祭奠，希望这阵石尤风能在此刻吹来，且吹得更猛烈些，好为他留住梦中爱妻匆匆离去的脚步。

无奈，"人去似春休"，愿望落空，伊人和这个刚离去的春天，渐行渐远，一去不返。只留下诗人自己，孤苦地坚守着朝圣般的虔诚。

春天还有再来之时，逝去的爱人却再无归来之期，怎不让词人心如刀绞。哭不出，不免辛苦。

"别自有人桃叶渡，扁舟，一种烟波各自愁。"尾句白描一种内心落寞及至寡淡的意味，恰是一种别样酸辛。

桃叶渡，渡口名，在江苏省南京市秦淮河畔，因晋王献之在此作《桃叶歌》，迎送其妾桃叶而名声大噪。后人以此代指送行之所，或分别之意。

无论放下放不下，都得放下。桃叶渡口，依旧是人来人往；穿行不止的人流里，依旧是聚聚散散，合合分分。纵烟波浩渺，怎敌他似水流年。

桃花流水，孤舟远影，痛楚会在时光里抽丝剥茧吗？不，红尘深厚，生离死别是纳兰心中刻骨的痛。

写诗的过程也是纾解情绪的过程，就这样，权且把满腹惆怅倾注于平仄之间，为所念的人寄去一阕诗情画意。

有时候，心情在诗意里一览无余，有时候它又是一个神秘的影子，兀自藏在诗意背后，隐藏生活所有的真相。

世俗爱情，无非男女，追忆是一种刻骨的孤独。词人说：我是人间惆怅客，断肠声里忆平生。

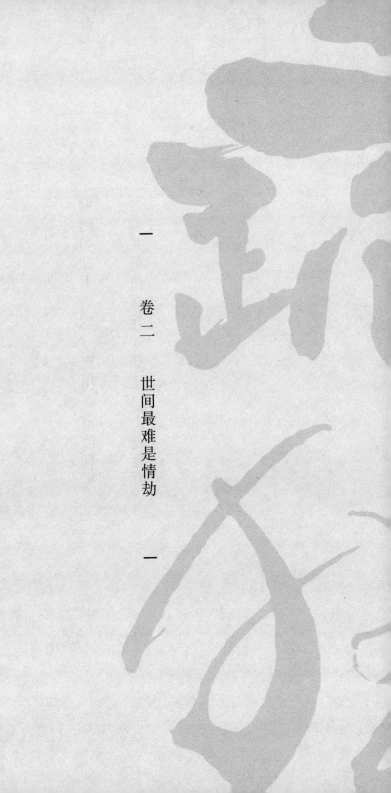

一

卷二　世间最难是情劫

一

君问归期未有期，巴山夜雨涨秋池。

何当共剪西窗烛，却话巴山夜雨时。

——［唐］李商隐《夜雨寄北》

李

商隐

在孤独的雨夜里泛起相思

秋天，是阴雨绵绵的季节。那种时大时小，或急或缓的雨，总是很有耐性，十天半月不见阳光也是常事，下得急性子的人都没了脾气。如果说夏日的雨是青年汉子，说来就来，说走就走，电闪雷鸣，倾盆如注，下得痛快淋漓。那么，秋天的雨就像人到中年，滋味百般，世事洞明，大都有着郁郁累累的心结，或者秘不可宣的心事，背负着诸多责任和负担，让人退却不得，轻盈不得，振奋不得。

古今中外，雨天里人们的心情大略相通。即便圣贤，在"淫雨霏霏，连月不开，阴风怒号，浊浪排空"之际，也难免有"去国怀乡，忧谗畏讥，满目萧然，感极而悲者矣"的晦暗心境，何况常人。"不以物喜，不以己悲"，说着容易做着太难。

雨里，无法"相逢意气为君饮"，无法"郊东郊西踏春色"。古人笔下的琴棋书画，大抵冬日晴窗，或者春柳晴柔，或者荷风香远，或者紫气飘庭，才有情趣和雅致。若是雨打在芭蕉或者梧桐上，滴滴答答，敲打出的都是寂寞，是怀而不在、念而不得的思虑，是才下眉头、又上心头的愁绪，这样的夜晚，适合相思，适合想念。

下雨的天，是孤寂的天，是想你的天。

李商隐的《夜雨寄北》，就是在孤单雨夜里泛起的相思。

有人说，未曾读过李商隐，不足以谈爱情。未曾读李商隐，便不懂世间情为何物。可见，李商隐爱情诗在世人心目中的地位和影响。在古代诗歌中，李商隐的爱情诗是最动人和感人的，这些抒发爱恨情愁的诗句深情绵邈，绮丽精工。尤其是一系列的"无题"诗，典雅华丽、深隐曲折，将含蓄、朦胧的表现手法发挥到极致。同时，也由于过于含蓄、朦胧，不免隐晦迷离，难于索解，因而元好问有"诗家总爱西昆好，独恨无人作郑笺"一说，代表了从古至今广大读者的共同心声。

比较而言，《夜雨寄北》这首诗并不难解，朴实无华，亲切有味，历来为后世称道。但歧义在于写作对象和写作背景，就像义山（李商隐字）所有诗歌一样，扑朔迷离。

这首诗的写作背景，比较明确的是写作地点。诗中有"巴山夜雨涨秋池"一句，重庆、四川一带旧称巴蜀，重庆、湖北、陕西交界处的山脉亦被称为巴山。诗人当时滞留于此，应无异议。

关于这首诗的写作时间和写作对象，有几种说法：其一，唐宣宗大中五年（公元851年）以后，李商隐一直在四川任职，达六七年时间之久。在此期间，他写给留守在长安的妻子王晏媄；另一种说法，大中二年，李商隐在桂管观察使郑亚的幕府中担任观察判官、检校水部员外郎，他从桂林返回长安，中间滞留巴山，彼时写给身在长安的妻子；其三，李商隐在四川任职期间，写给长安的朋友，具体对象不明。

其中，第一种说法流传最广，但最不可靠。因为大中五年，李商隐到四川任职时，妻子王晏媄已经去世半年有余，从诗的内

容来看，明显不是怀念亡人。按第三种说法来看，若李商隐在四川任职，应该居住在成都一带，成都地处平原，离巴山还有一段距离，在成都平原感受"巴山夜雨涨秋池"，这样的说法很勉强。

综合来看，第二种说法可能性大些，李商隐途经巴山时，也许正逢阴雨绵绵，山路湿滑，被搁浅在途中，因此写下此诗。这里的"寄"，也可以理解为"寄托"，诗人把对妻子的思念寄托在诗里，传情达意。

其实，大可不必做诗歌的索隐派，无论是怎样的写作背景，都不影响我们对这首诗的喜欢，因为读它，就能够产生感情上的共鸣。某种程度上，我们读诗，不仅仅品味诗人彼时的情感，还有我们每个人某些相似的经历和情感。诚然，何人不曾有过，在阴雨绵绵的秋夜，独坐无眠，彻夜相思的记忆。

"君问归期未有期，巴山夜雨涨秋池。"后一句是对前一句的解释。你问我什么时候回家？我也确定不了，巴山这里正逢梅雨季节，每一座池塘的水都满满的。诗人写秋池，只是为了突出雨水之多，雨量之大，雨期之长。其言外之意，归程阻隔，道路艰辛，回家不易，所以归期无法确定。

这两句的妙处在于，十分富有形象感。不是雨打芭蕉，不是雨疏风骤，也不是春潮带雨，而是在我们眼前描画出一幅这样的画面：大雨不间断地下着，以至于把能够积水的池塘都灌满了，汪洋一池。

秋池由浅到满的过程也留在画面中了，以至于这种画面充满了动感。再加上前面一句"君问归期未有期"，对方的殷勤关怀扑面而来。

黄昏，诗人独自坐在雨幕前，听着雨水在山道间奔流，流到已经溢满的池塘里，手里拿着伊人的信，回味着伊人的关怀。或者，手中本没有书信，伊人的关怀仅是诗人的想象，因为亲密，因为了解，彼此能够感知到对方的心思，即使相隔千里。如果非要给这样的画面命一个名字，就叫"听雨怀人"。

"何当共剪西窗烛，却话巴山夜雨时"这两句是想象。只有想象能够飞越万水千山，把他带到爱人的身旁。诗人通过设问，想象夫妻二人团聚时的情形：什么时候能够和你一起坐在西窗之下，剪着灯花，彻夜长谈，谈谈今夜的巴山，今夜的夜雨呢？！谈雨是表象，谈雨中的相思才是目的。所以，后两句话的言外之意是：盼望两人能早日团聚，恩爱相依，同忆流年。

纵然时光一去永不回，可往事还能回味，这也是一种莫大的精神安慰。

古时的庭院一般为四合院，东厢房用作书房厅堂，接待客人，西厢房多为起居寝室。西窗，意指西厢。后人从李商隐这句诗中引申出两句成语：剪烛西窗和西窗话雨，都是指夫妻或朋友久别重逢，彻夜长谈。另外，西边是太阳落山之处，西窗略带寥落惆

怅之意，同时与这首诗的意境吻合。

今人有一首歌，名字就叫《西窗》：

不曾归来

当天空落着雨

在西窗为你　留着烛

不知归期　不敢提笔

约定是种谜题

不离不弃

当落红化成泥

微笑着剪断　西窗烛

回忆如昔　人生如棋

早已注定了结局

与李商隐这首《夜雨寄北》的诗意同样孤独寥落。

古时夜里照明，用蜡烛或油灯，灯芯燃过后，灰烬积聚在一起，在火焰中如同花朵，称为灯花。灯花多了，会影响灯芯的继续燃烧，所以燃烧一段时间，要把灯花剪掉。剪烛或剪灯花，说明交谈时间很长。

有人认为只有夫妻才会共剪西窗烛，其实不然。剪烛西窗，亦磊落之事，不涉暧昧。

全诗只是写实与想象，看似信手拈来，漫不经心，实则将郁闷、孤寂都融进了短短的诗文中。诗贵精练，特别是绝句，要做到字少意丰，应力求避免文字重复。而这首诗中，却有两处重复。首句中，连续用了两个"期"字；二、四两句，又重复用了"巴山夜雨"。但这些重复，没有让人感到啰唆累赘，反而有回环往复、一步三叹的作用，恰好把诗人的惆怅、落寞表现出来。在高手笔下，诗有法而无定法，文字的使用和提炼，如清风流水，随心所欲，随物赋形，总是熨帖自然，令人回味。这就是文字的隽永，诗词的魅力。

李商隐生逢唐末乱世，幼年失怙，"四海无可归之地，九族无可倚之亲"，困顿窘迫，家贫无依。十三岁时，靠他抄书和替人舂米来维持家用。后来，在天平军节度使令狐楚的帮助下，才有了一份稳定的生活。令狐楚非常欣赏李商隐的天分和才华，对他十分器重，让李商隐和他的儿子令狐绹交游，并亲自指导李商隐骈文写作，让李商隐受益匪浅。

令狐楚去世后，李商隐一面积极准备应试，一面继续努力学习，在写作上完成了由散向骈的转变。可由于没有地位和背景，他参加四次科考不第，开成二年，才考中进士。进士及第的他受到泾原节度使王茂元的重用，成为王茂元的幕僚，并娶了他的女

儿王宴媄为妻。婚后，他与妻子伉俪情深，琴瑟和鸣。他卑微的人生终于有了一些欢乐的底色。或许，人这一生，和谁在一起，冥冥之中自有安排。

岂料，这场亲事，为李商隐带来幸福和快乐的同时，也为他的后半生埋下莫大祸端。

由于恩师令狐楚与其子令狐绹为"牛党"的主要成员，他的岳父王茂元则是"李党"的骨干力量，对政治动向素来不敏锐、不敏感的李商隐，不可避免地被卷入"牛李党争"的旋涡之中，他背负着忘恩负义的骂名，在党争的夹缝中生存，始终被排斥在边缘地带，仕途多舛，潦倒穷困，短短一生，凄凉又悲怆。

无人知道，自小失去父亲呵护，成年后郁郁不得、四海漂泊的他，多么渴望家庭的温暖，渴望能和妻子举案齐眉、朝暮晨昏。由于他不断地在外寻求机会做幕僚，一直没能安稳下来，夫妻二人一直聚少离多，李商隐对于妻子始终怀着一份歉疚的心意。他只能借助家书和诗词，对妻子嘘寒问暖，聊以慰藉。

音问难通的古代，家书可抵万金。这首深情的小诗，果如诗人所想，也是极其美好的。想来，在月圆花好的团圆之夜，夫妻二人相偎相依，他为她念诗，说着巴山夜雨，倾诉别后相思，自是一份难得的脉脉温情。

然而，事实并非如此，待李商隐回到洛阳时，妻子王宴媄已经过世半年之久。

"荷叶生时春恨生，荷叶枯时秋恨成。深知身在情长在，怅望江头江水声。"王氏去后，再无一人和他共黄昏；再无一人问他粥可温。那晚涨满秋池的巴山夜雨，再也无人可诉；那晚秋雨里的思念，再也无人从寄，只能听任它们静静流淌在诗里。

此情可待成追忆。

尊前拟把归期说。未语春容先惨咽。人生自是有情痴，此恨不关风与月。

离歌且莫翻新阕。一曲能教肠寸结。直须看尽洛城花，始共春风容易别。

——[宋]欧阳修《玉楼春·尊前拟把归期说》

欧阳

修

人间自是有情痴

　　读欧阳文忠公的《玉楼春》，心绪总会在"人生自是有情痴，此恨不关风与月"一处驻留片刻，这一句实在让人钟爱。细斟酌，郁郁难说。

　　人各有情，至深则痴。何谓痴，把字拆开来看，恰是一种"知"的病，知而不改，知而不弃，该是何等的铭心刻骨。你要刮骨疗伤，痛的还是自己。你想借酒来浇，浇的不是樽，而是一颗被情被恨灼烧的心。

　　这世间最难的便是情劫，偏偏情到深处，让人作难，便借助风花雪月作为媒介，来抒发怀抱，表情达意。于是，风传情，月惹思，文人骚客一个个泼墨挥毫，对酒当歌，歌一阕"我寄愁心与明月"，唱一曲"风乍起，吹皱一池春水"，营造出一幕幕动人心魄的美丽场景。

　　《世说新语》中有这么一句："太上忘情，其下不及情，情之所钟，正在我辈。"意思是说，圣人忘情，卑劣的人无情，而最专注于情感的，恰恰就是我们这样的人，就是我们这些重情而又为情所伤的凡人。但我们的浓烈相思，凄凄别恨，确实与楼头的春风无干，与中天的明月无干，与眼前具体的景象毫无干系，只是自身的执念，自己所思所想，内心情绪的自然流露罢了。

　　欧阳文忠公真知灼见，一句"人生自是有情痴，此恨不关风与月"，将这个道理讲得明明白白，入木三分，让你忍不住读了又读，词人的感性在词中表现得那么直接，感情充沛，毫不掩饰。

不言而喻，这是一场饯别的酒。景祐元年（公元 1034 年），欧阳修在洛阳三年的留守推官任期已满，准备返回京师。在他踏上归程之际，佳人朋友恋恋不舍，来为他送行。惜别伤离方寸乱，饯行的酒，喝得豪壮的不多，大都覆着悲情的底色，这首词也不例外。

"尊前拟把归期说，欲语春容先惨咽。"宴饮之前，词人不忍见佳人伤心，本想着提前把自己归来的日期告诉她，宽慰她几句。奈何端起酒杯，未及开言，佳人已芳容黯然，忍不住哽咽起来。

饯别宴上的玉惨花愁，即便这样被词人轻轻一笔带过，佳人眼中的泪雾，还是在我们眼前一点点弥漫开来，这正是词人的高明之处。

可叹的是，人生最难的不是相遇，而是重逢。在古代，因为交通不便利，每一次道别都可能是永别，再也不见。想起自此一别，云水茫茫，天各一方，不知何日才能再次相逢，词人的心头也禁不住罩上一层莫名感伤。至此，笔墨淋漓，胸臆直出："人生自是有情痴，此恨不关风与月。"他想告诉她，面对分离，他同样情深难绝，不能自拔。是呀，情比金坚，此恨不关风与月。纵然花与月空有相怜意，亦无有相怜计。

这个"恨"字，恨得让人颇费思量。

欧阳修曾在另一首《玉楼春·别后不知君远近》里有"夜深

风竹敲秋韵，万叶千声皆是恨"，描述夜半时分风吹竹叶簌簌作响，敲打出一片秋日气韵，每一片叶子似乎都在鸣咽地诉说离愁别情。

后主李煜书"多少恨，昨夜梦魂中。还似旧时游上苑，车如流水马如龙"，追忆似水年华，抒发去国怀乡之情。

温庭筠写"千万恨，恨极在天涯。山月不知心里事，水风空落眼前花，摇曳碧云斜"，来描写思妇怀望归人之情。

世人常说爱到深处便是恨，恨到牙根痒痒，亦不想罢休，不能作休。恨，不过是另一种痴情罢了。

紫陌红尘，每天都在上演着离合悲欢，有谁能超然于情劫之外，不为情痴缠一生？

欧阳修乃大宋一代文宗、文学泰斗，按才女李清照《词论》中所言，他和晏殊、苏轼这样的学究天人，填写一曲小歌词，简直信手拈来。彼时的他，又是饯行酒席上的主角，按照惯例，在座的客人一定会请他填一首新词，来给别宴助兴。因而，就有了下面的句子："离歌且莫翻新阕，一曲能教肠寸结。"

离歌指的是为送行之人唱的歌，按照宋时的习俗，离歌是要在送别宴上一首接着一首唱下去，所以有曲终人散一说。宋代吕胜己的《谒金门》中就有："记得离歌三两阕，未歌先哽咽。"

而词人偏偏讲，离别的歌还是莫要再谱新曲了，这一曲离歌，已让大家柔肠寸寸郁结了。言下之意，佳人已清泪涟涟，朋友们也不胜悲楚。终将一别，与其这样，不如，喝酒，喝酒，没有什么是一杯佳酿解决不了的。

在北宋文坛，欧阳修以大文豪的身份占据一席之地。这个文豪，不仅仅指他是个文学大家，学问淹博，还因为他的诗词中充斥着一种深厚、沉稳的豪气，一如这句"直须看尽洛阳花，始共春风容易别"。他以豪放之语宽慰朋友，同时也是自我开解：在剩下不多的和洛阳朋友欢聚一堂的日子里，他不再耽溺于离别的悲情，而是要和朋友一起看遍洛阳的繁花，然后携带三月春风一起，与朋友一一握别，不留遗憾地离开。让身心高蹈于云端花间，不以尘事为念，走出如此豪迈的背影，这便是高士之情怀。

当此际，词人借"直须""始共"等豪兴之语，让这份豪气直冲云天，宕开境界，彰显格调，尽得风流本色，恰是应了叶嘉莹先生那句"欧词却多为豪宕的意兴"。

豪宕之气在他的诗词里频频闪现，如《浪淘沙》一词，首句"把酒祝东风，且共从容"的明快清旷，"可惜明年花更好，知与谁同？"的果决收尾，别有一番风神之美：

把酒祝东风，且共从容。垂杨紫陌洛城东。总是当时携手处，游遍芳丛。

聚散苦匆匆，此恨无穷。今年花胜去年红。可惜明年花更好，知与谁同？

——欧阳修《浪淘沙·把酒祝东风》

还有同样写离愁别绪的《踏莎行·候馆梅残》，含蓄蕴藉，末句"平芜尽处是春山，行人更在春山外"，生发出情深意远之张力：

候馆梅残，溪桥柳细。草薰风暖摇征辔。离愁渐远渐无穷，迢迢不断如春水。

寸寸柔肠，盈盈粉泪。楼高莫近危阑倚。平芜尽处是春山，行人更在春山外。

——欧阳修《踏莎行·候馆梅残》

《玉楼春·尊前拟把归期说》除了豪宕之气，还有一份疏放之意，词人大笔一挥，轻而易举地将话题沉重、满含离别之愁与伤情之痛的"惨别"，疏放成一场立意深婉的"豪别"，哀而不伤，尽显沉静之态，文学批评大师王国维在《人间词话》里对其做以高度评价："于豪放之中有沉着之致，所以尤高。"

现代著名学者刘逸生在他的古典文学研究著作《宋词小札》中，对这首词也大加赞佩："北宋词人中，尤其是在欧阳修以前，绝大多数写的是流连光景、儿女悲欢的内容，思想境界比较低狭；而能够从这些内容推阐开去，涉及社会人生大问题的，却非常之少，甚至几乎没有。欧阳修这首词，居然从儿女柔情中提出带有哲理的大问题，不能不说是大胆的尝试。""人生自是有情痴，此恨不关风与月"于伤别中蕴含着平易而深刻的人生体验，遂成经典。

其实，很多时候，人执着的只是自己。是孤独的这个你，在寻找与你孤寂的灵魂契合的那些物象、影子，试图在彼处安放多年的夙愿。抑或一些结扣，缠绕在心头，缔结永久的心患，让你患得患失，患聚患散，为逝去的故事，远去的那人做个温柔念想，做个牢固茧网，挣扎不出。

原本，缘和怨骨肉相连，息息相关，你单舍了哪一个，都不成。

每个游走在俗世烟火中的个体，任是心里几多痴情怨念，所有的言语还显无力和苍白，不能够尽如人意，酣畅淋漓地表述情怀，所以古今之人踏歌起舞，吟诗作赋，一个"情"字开出无数的花朵。至于情也罢，痴也罢，爱也罢，恨也罢，于词于曲，离合悲欢，寸寸柔情寄相关，千古如斯。得以彼处失，此处补，也算人心情恨皆有偿。

人间自有痴情，情至深处孤独。大千世界，情来意往，本就红尘一过客，谁又能撇得一身轻，袖手旁观笑疏狂。

不如随了心性，做个情种，一日看尽洛城花。

寻寻觅觅，冷冷清清，凄凄惨惨戚戚。乍暖还寒时候，最难将息。三杯两盏淡酒，怎敌他、晚来风急！雁过也，正伤心，却是旧时相识。

满地黄花堆积，憔悴损，如今有谁堪摘？守着窗儿，独自怎生得黑！梧桐更兼细雨，到黄昏、点点滴滴。这次第，怎一个愁字了得！

——［宋］李清照《声声慢·寻寻觅觅》

李

清照

断送一生憔悴，只消几个黄昏

　　千百年来，文人墨客各领风骚，谁是"第一才子"尚难定论，但若要推举"第一才女"，非她莫属。

　　惊才绝艳的她，既是宋代伟大的女词人，也是迄今为止中国文学史上最伟大的女词人，被誉为"词中之屈李，闺中之苏辛"，婉约派"一代词宗"。

　　她的诗词，如泉水般天然清澈，一览无余而又激荡人心。更因词中有"新来瘦""绿肥红瘦""人比黄花瘦"等精辟妙语，获得"李三瘦"的雅号。

　　不独诗词，她通音律，工散文，善博弈，懂医药，且精于考校金石。千古才女，千年才有一个。

　　她，就是李清照。

　　李清照是宋代人，但若说是北宋还是南宋，却有些为难。因为她的生命刚好横跨两宋，两宋的更替交织着家国之恨和亡夫之痛，如楚河汉界般把她的一生泾渭分明地分为两部分。

　　靖康之变后，北宋亡国，南宋偏安一隅，中原随之沦陷，繁华热闹的汴京城和青州故里被践踏在金兵的铁蹄之下，硝烟战火，兵荒马乱，故乡一去难再还。靖康之变的第三年，即宋高宗建炎三年，她的丈夫赵明诚不幸染病，撒手人寰。这些重大变故，成为她不惑之年的最大劫数。失去丈夫的佑护无疑给她苦闷忧郁的人生雪上加霜，她的生命因此前后呈现出两种截然不同的色彩，前半生单纯明快，后半生忧郁痛楚。

有人说，文学作品都是作家的自传。这样的说法是否过于绝对姑且不论，但用来观照李清照的诗词，却非常恰切。她的诗词，不啻为性情之绽露，心灵之烛照。

李清照生于士大夫之家，是标准的大家闺秀。父亲李格非，是北宋文学家，曾以文章受知于苏轼，他学识渊博，官至提点刑狱、礼部员外郎。作为苏轼的隔代弟子，受父辈的言传身教和耳濡目染，李清照少年时便能作诗，并且才力华赡，逼近前辈，在当时的文学圈里已经小有名气。

在父母的荫庇下，待字闺中的李清照仿佛丛林外的山花一般，沐浴春风，自由生长，这可以从她早期作品中寻得端倪：

常记溪亭日暮，沉醉不知归路。

兴尽晚回舟，误入藕花深处。

争渡，争渡，惊起一滩鸥鹭。

——李清照《如梦令·常记溪亭日暮》

溪亭，暮色，花香，酒气，嬉闹声，鸥鹭影，构成一幅色彩缤纷、饶有情趣、幽杳神秘的画卷，蕴含着丰富的故事情节，从中可以想象出少年李清照和小伙伴们无拘无束、轻松愉快的生活场景。

　　这一次快乐的郊游，可能安排了诸多活动，譬如泛舟赏莲，溪畔弈棋，吟赏烟霞，唱和互答，词人都忽略不计，单写溪亭醉酒，来写少年意气。

　　几个小伙伴在溪亭喝酒，喝得热血澎湃，喝得得意忘形。天色已晚，他们一起撑船回去，却不经意地划向了湖泊更深处。

　　湖中荷花千枝，莲藕密植，羁绊着小船无法行进。小伙伴们齐心协力，撑舟前行。一船的忙乱欢叫，惊起一滩鸥鹭，轻盈地掠过湖面齐齐飞起。

　　短短三十三字，把小伙伴酒醉后的兴奋、迷路后的慌乱，表现得淋漓尽致。

　　风华正茂的年纪，无牵无绊的行程，这一瞬间的场景被词人捕捉到，写出来，遂定格成永恒的经典。

　　能将闺情和琐碎日常刻画得如此生动鲜活，可谓前无古人，后无来者。没有真实的生活体验，笔下焉能展示出这般朝气蓬勃、天真烂漫的生活细节？

　　这就是少女时期的李清照，衣食优裕，无忧无虑，自然率真，天真无邪。

　　李清照被称为婉约派词人，但这一首词却无所顾忌地折射出豪放之美。在没有经历过苦难的时候，词人的心态总是丰盈滋润，一如初夏，骄阳盛大。

自古才子配佳人，有情人终成眷属，是世人对美满婚姻的最美期望和构想，这些构想在李清照身上全部得以现实，实在是无与伦比的幸福。

宋徽宗建中靖国元年（公元1101年），十八岁的李清照迎来了与赵明诚的大婚吉日。丈夫赵明诚是宰相之子，著名金石学家。这段门当户对的姻缘，用琴瑟和鸣来形容恰如其分。

赵明诚词作虽不如李清照，但他归田集古，学问淹博，是当时的一名优秀青年。他自幼痴迷于金石研究，喜好收蓄前代金石碑刻，文物古籍。无疑，这是个极其费钱、费时、费事的行当。对于丈夫的收藏爱好，李清照没有横加制止和干涉，而是爱屋及乌，和丈夫一起投入到金石收藏中。

婚后，每逢初一、十五他们都会一起到大相国寺市场上淘选宝物。有时囊中羞涩，他们就拿出当季不穿的衣物，质押到典当行，换取银钱买下特别中意的金石碑碣、古籍善本，再用剩下的零钱买些小零食，一路欢笑，满载而归。回家后，夫妻俩烹茶煮酒，一边吃着零食，一边赏玩着淘回来的古玩、拓片，兴味益然。

赵明诚的父亲赵挺之去世后，家道中落，他们搬去青州故里屏居十余年。这是夫妻俩最为惬意、舒适的十年，也是收获最大的十年。在李清照的协助下，丈夫赵明诚将二十多年的研究、考据成果进行精心梳理和勘校，孜孜不倦地完成《金石录》煌煌

三十卷的编纂工作，为考古学、历史学做出不朽贡献。

其后，赵明诚开始在地方上任职，二人先后又在莱州、淄州、江宁居住。这些地方，见证了他们情投意合、如胶似漆的幸福爱情，这段时光成为支撑李清照后半生生活的甜蜜记忆。

靖康之变后，国破家亡，风雨飘摇，为了避免文物遭受贼人抢掠和破坏，李清照顾不得自身安危，只身一人到青州故居收拾家什，然后带着十五车藏品连舻渡江，颠沛流离，历经磨难。是时，李清照四十四岁。她的悲剧人生由此拉开帷幕。

建炎三年（公元1129年）七月，赵明诚马不停蹄地从池阳赶赴建康面圣、复职，途中不幸感染风寒。次月，待李清照渡江而来匆忙赶到建康，丈夫已卧病在床、生命垂危。

亲人离散，留下她一人辗转漂泊，无依无靠。李清照终日以泪洗面，没有一天不悲伤，没有一日不痛苦。

战火依然在向南蔓延。为了保全丈夫的毕生心血，李清照不得不带着所有藏品，拖着羸弱的身体亡命天涯，流落江湖。"山河破碎风飘絮，身世浮沉雨打萍。"战乱年代，人亦难保全，何况这些沉重的金石器物。纵李清照殚精竭虑，大部分文物还是不幸散佚，令人欲哭无泪。

晚年的李清照，客居临安。临安乃江南福地，池塘生春草，庭院有绿荫，这里风和日丽，花朵四季芳香，是个特别宜居的城市。

可是，纵人间姹紫嫣红开遍，她的心底，早已万古荒凉。李清照明白，此生将客死他乡，再难返回中原故地，再也回不去青州故里。于是，就有了这首满怀身世之感的《声声慢·寻寻觅觅》，这首词被誉为"千古创格""绝世奇文"。

"寻寻觅觅，冷冷清清，凄凄惨惨戚戚"，词的开篇即先声夺人，连用七组叠词。好的诗句，一般忌讳重复用词，不过这只是一般情况下，凡有特例，俱不寻常。这七组叠词，别开生面，犹如大珠小珠滚落玉盘，营造出一片愁惨而凄厉的意境。

这个霜风凄紧、寒雨敲窗的晚秋时节，她这个孀居的老人，漂泊的异乡客，没有像苟安的南宋朝廷一样，以临安为"安乐窝"尽享天伦，而是面对着半壁江山，怀抱一份有家难回的凄楚，怀念故人，追忆似水流年，悲秋、伤秋的情绪油然而起，所以言之"最难将息"，无法让心绪平息下来，让她无所适从。又或者，是心中郁结太重，而乍暖还寒的天气，不过是她为此刻愁苦找到的一个合适的理由。

太多的郁结难遣难消，孤苦和寂寞不绝于缕，家国情愁，怎不让人痛彻心扉！这样的心绪无处排解，也只有靠自我麻醉了。所以，词人索性喝上几杯薄酒，借此抵挡夜来入骨的风寒，一浇心头之块垒。

就在词人孤零零地举杯欲饮，伤感无人一起把酒言欢的时候，

　　只听得窗外传来一阵熟悉的雁鸣，抬眼望去，似是旧时见过的那一群。"年年看塞雁，一十四番回"，原来，它们来自遥远的北方家园，飞到南方来过冬。

　　望着无忧无虑、渐飞渐远的雁阵，词人又一次陷入哀伤：做一只大雁多好啊，来年春暖花开，它们还可以张开翅膀，成群结队地飞回去。战火弥漫的故乡，终归会为它们留一处栖息之地。可是，她，却再也回不去了。望着故乡的方向，哽咽了心声。

　　她想：青州归来堂前的菊花，这时候该黄花遍地了吧，这么多年，它们花开花谢，没有人前去观赏采摘，和暮年的自己一样，独自憔悴，独自衰败。

　　"东篱把酒黄昏后，有暗香盈袖"早已成为陈年旧事，斯人已逝，再也回不到从前光景。

　　当往事成为故事，当回忆成为孤独的别名，痛楚由不得一次次弥漫开来，心神俱焚：是不是又是这样，守着窗儿，听着一阵阵冷雨，点点滴滴敲打梧桐叶子的萧然之声，独自一人等到天黑，及至天亮，几多难捱。这冷雨，亦是心头之雨，凄怆难收。

　　令人怜惜又心痛的是，同样是酒，如今在词人笔下，已不复少时"兴尽晚回舟，误入藕花深处"之豪迈，而被浇注成"雁过也，正伤心，却是旧时相识"的乡愁，滴落为"满地黄花堆积，憔悴损，如今有谁堪摘"的离恨，绵延成"守着窗儿，独自怎生得黑"的哀叹。

这般光景，怎一个愁字可说。

这首《声声慢》，细腻婉约，声声如诉。虽句句写愁，有寻觅无处的愁，有亲人离散的愁，有国破家亡的愁，有故土难回的愁，有往事已昨、美好不在的愁……千头万绪，千丝万缕，却在末句仅以一个"愁"字收尾，貌似戛然而止，实则大河奔流，倾泻无遗。

词人将民族危亡、山河破碎带来的时代之悲情，和家散夫亡、流离失所的身世之痛，无痕地糅杂在一起，以格外凄绝的方式表达出来，其浓得化不开的故国之思、故人之念，以及抑制不住的孤独无助之感，痛快淋漓地得以抒发。语言家常，以浅俗之语发清新之思，体物细微，饱有余味，如泣如诉，感人至深，实乃神来之笔。

"寻寻觅觅，冷冷清清，凄凄惨惨戚戚。"断送一生憔悴，只消几个黄昏。

问世间，情是何物，直教生死相许？天南地北双飞客，老翅几回寒暑。欢乐趣，离别苦，就中更有痴儿女。君应有语：渺万里层云，千山暮雪，只影向谁去？

横汾路，寂寞当年箫鼓，荒烟依旧平楚。招魂楚些何嗟及，山鬼暗啼风雨。天也妒，未信与，莺儿燕子俱黄土。千秋万古，为留待骚人，狂歌痛饮，来访雁丘处。

——〔金〕元好问《摸鱼儿·雁丘词》

元

好问

问世间情为何物

　　两只为爱相守、为爱殉情的大雁，让金朝大诗人元好问不尽唏嘘，于是在这首《摸鱼儿·雁丘词》写下流传千古的经典之语"问世间，情是何物，直教生死相许？"

　　关于两只大雁的爱情故事，元好问在词前小序里说得明明白白：

　　乙丑岁赴试并州，道逢捕雁者云："今旦获一雁，杀之矣。其脱网者悲鸣不能去，竟自投于地而死。"予因买得之，葬之汾水之上，垒石为识，号曰"雁丘"。时同行者多为赋诗，予亦有《雁丘辞》。旧所作无宫商，今改定之。

　　泰和五年，元好问到山西太原参加科举考试，途中遇到一个捕雁的猎人。在两人攀谈中，猎人告诉他一件稀奇的事情：猎人一大早捕到一只大雁，就把雁杀了。岂料另一只从网中逃脱的大雁，却没有飞离，一直在天空中盘旋，悲鸣不已，最后竟然从空中直直投地，殉情而死。元好问听到后十分动容，他花钱将那对大雁从猎人手里买下来，把它们合葬在汾水岸边，并堆放些石头作为墓冢，谓之"雁丘"。当时同行的人多为此赋诗，元好问亦作一首《雁丘词》。因为旧作不协音律，故加以修订，这就是《摸鱼儿》的由来。

　　古今写爱情的诗词数不胜数，无疑，这一首最为激荡人心。首句"问世间，情为何物，直教生死相许"更是千古绝唱，叩动世世代代无数痴男怨女的柔软心旌，让他们为情为爱引吭高歌，长吁短叹，在刹那间洞悉人间情感的真谛。

俗世情爱，纷纷扰扰，爱情究竟是什么，竟然让相爱的两个人生死相许，无悔追随？

词章开篇即以诘问句式入笔，先声夺人，一"问"切入，再以"直教"语气贯通，似雷霆万钧，横空而来，箭入心弦，为全篇蓄足笔势，着重突出"情"之力量奇伟，使大雁殉情的内在意义得以升华。下文，便紧紧围绕着"情为何物"布局展示，层层铺叙。

词人讲，无论冬寒夏暑，光阴荏苒，大雁不畏路途遥远，双双南飞北归，即便翅翼渐然老去，依旧比翼齐飞，相伴相依。可惜，双宿双飞有多么甜蜜美好，生离死别就有多么痛断肝肠，个中滋味只有身临其中才能够体会得到。如今他亲眼所见，才知道大雁竟和人间痴情儿女一般痴爱重情，奋不顾身为爱殉情。

孤雁的决绝为的哪般，谁又能懂？

此后余生，跋涉千山万水，历尽晨风暮雪，失去了形影不离、朝夕相伴的一生挚爱，即便是独自苟活下去，又有何意义和价值？既然不能同生，惟愿同死，生死相依，永不分离。所以，孤雁义无反顾地做出决绝的选择，毫不犹豫。

"双飞客"，词人赋予两只大雁以世间夫妻的名义，它们相亲相爱，它们恩爱不移，极具浪漫主意之色彩，让人惊羡的同时

又倍感痛心。继而，又以同理心来诠释大雁的殉情，引领读者悲其悲中的悲，情其情中的情，痛其痛中的痛，获取最佳的艺术感染力。

"横汾路，寂寞当年箫鼓，荒烟依旧平楚。"词的下阕，借古喻今，有感而发。汉武帝在《秋风辞》中曾有这样的描述："泛楼船兮济汾河，横中流兮扬素波，箫鼓鸣兮发棹歌。"词人借用此典故，旨在表明，安葬双雁的汾水一带，原本是汉武帝率领文武百官六次游幸之地，曾记得那时候箫鼓喧天，棹歌四起，山鸣谷应，是何等兴盛和喧嚣，如今却"平林漠漠烟如织，寒山一带伤心碧"。满目衰草残烟，一派萧索气象。昔日帝王的威严和风光早已不再，空留《招魂》《山鬼》之绝世余音。所有的繁荣、兴盛尘归尘，土归土，无可挽回。唯有双雁生死相随的忠贞之情，不会像寻常的黄莺、燕雀一般化为一抔尘土，不会随着时间的流逝而泯灭。词人把它们安葬在此，留待千秋万代的文人骚客来到雁丘凭吊，狂歌痛饮，铭记不忘。

果然如词人所言，即便沧海桑田，小小的雁丘早已湮灭于千年的历史尘烟，但它们爱的哀歌却在这阕词中声声如诉，与世永恒。这就是文化之传承，诗词之魅力，跨越千年风沙，依旧光彩照人。

这首《雁丘词》，深于用事，精于炼句，予人生哲理于情语之外，既缠绵深情，又豪宕洒脱，柔婉之极，又沉雄之至，令人低回欲绝。一个"爱"字让人困守一生，一个"情"字让人魂牵梦萦。

爱到深处人孤独，情到浓时方知苦。

元好问一生没有缠绵悱恻的风流韵事，却丝毫不影响他成为一个特别重情、善于写情的诗人，他的另一首《摸鱼儿·双蕖词》，被称为《摸鱼儿·雁丘词》的姐妹篇：

问莲根、有丝多少，莲心知为谁苦？双花脉脉娇相向，只是旧家儿女。天已许。甚不教、白头生死鸳鸯浦？夕阳无语。算谢客烟中，湘妃江上，未是断肠处。

香奁梦，好在灵芝瑞露。人间俯仰今古。海枯石烂情缘在，幽恨不埋黄土。相思树，流年度，无端又被西风误。兰舟少住。怕载酒重来，红衣半落，狼藉卧风雨。

——元好问《摸鱼儿·双蕖词》

传说在金朝泰和年间，在河北邯郸大名府，有两个普通人家的年轻男女私下相爱了，不料亲事却遭到双方父母的极力反对，家人不予认可还要生生拆散他们。俩人不离不弃，相约赴水殉情。家人找不到人就报了官。后来农家挖藕，在一片荷塘里发现了两具面目全非的尸体，靠衣服方查验出是他们二人。第二年，这片荷塘满池莲花并蒂而开，围观者无不洒泪而泣。"问莲根、有丝多少，莲心知为谁苦"，痛煞几多痴情人。

现代人说：生命诚可贵，爱情价更高。可是封建社会的伦理道德却不这样认为，他们用所谓的门第观念、父母之命、媒妁之言来迫害和疯狂压制年轻人的自由婚恋，《孟子·滕文公下》中就有这样的言论："不待父母之命，媒妁之言，钻穴隙相窥，逾墙相从，则父母国人皆贱之。"以至于几多痴情男女为爱殉情，被封建礼教逼上绝路，上演着"白头生死鸳鸯浦"的离合悲欢。

其实，孤雁之死，民家儿女之殉情，无不是当时青年恋人为追求爱情自由、追求美满幸福的婚姻生活，不惜以生命为代价做出努力抗争的投影，词人借助这个故事表达对他们的同情和叹息，也寄托了寻求进步的思想观念。

古来圣贤皆寂寞。眉间有山河、胸中有丘壑的元好问，不仅留下如许深情绵邈的诗词，而且一生政绩卓著，著述甚丰，却也因为一些举措惹出议论。

汴京陷落后，元好问曾写信给蒙古中书令耶律楚材，开列了王若虚、杨奂等五十四名中原儒生，请他酌加任用。这件事引起时人极大的非议。客观地讲，元好问无非是想方设法保护人才，在他举荐的这些人中，有十五位在《元史》留名，他们在传承和保存中原文化方面起到很大作用。

所以，他也得到了后世的赞誉和认可，清代学者赵翼亦为他题诗，给予非常允当的评价：

身阅兴亡浩劫空，两朝文献一衰翁。

无官未害餐周粟，有史深愁失楚弓。

行殿幽兰悲夜火，故都乔木泣秋风。

国家不幸诗家幸，赋到沧桑句便工。

——赵翼《题遗山诗》

不过，身处金元易代的乱世，应该是他这个清高儒士的最大遗憾吧。去世之前，他吩咐后人在他的墓碑上不做赘述，只刻下七个字——"诗人元好问之墓"。

"寂寞当年箫鼓，荒烟依旧平楚。"这寂寥人世间，做个诗人元好问，才是他终其一生最为执着的追求。而"诗人元好问"，亦是他最为珍惜的头衔。

红笺小字，说尽平生意。鸿雁在云鱼在水，惆怅此情难寄。

斜阳独倚西楼，遥山恰对帘钩。人面不知何处，绿波依旧东流。

——〔宋〕晏殊《清平乐》

晏

殊

富贵词人的花底离愁

古时候没有互联网、手机，那时的车马书信都很慢，若心有所感、情有所念，便会拿起笔题诗，抑或写信，将心中的思恋倾诉笔尖，于是，便有了红笺小字。譬如，晏殊这首《清平乐》。

红笺，桃红色的小幅诗笺。它始于唐代，因薛涛制于成都郊外浣花溪的百花潭，又名薛涛笺、松花笺、浣花笺等。李商隐就有"浣花笺纸桃花色，好好题诗咏玉钩"的诗句，古人常用红笺题诗或写信。在这首《清平乐》中，红笺指代书信。

试想，一方桃红色的小笺，上面疏密有致地书写着蝇头小楷，字里行间饱含着炽烈的心意。收到红笺的她有多幸福和欢喜，书写红笺的他就有多动情和用心。他对她的深情，不言而喻。

所以，词章开篇即胸臆直出："红笺小字，说尽平生意。"这般的"意"，是酝酿了再酝酿的柔情，是斟酌了再斟酌的蜜意，密密匝匝，掏心掏肺，诉尽平生爱慕和相思，如此真挚，如此坦诚。以至于，轻飘飘的一纸红笺，成为心头之重，心头之好。

他希望这笺心头之重、心头之好，能快快传递到伊人手里，和迢遥而来的春风一起，吹开伊人的愁眉，一展她的欢颜。

奈何天妒人好，美好的心事总不能令人如愿。即便天上的鸿雁闲情悠悠飞翔在白云端，河里的鱼儿自由自在游戏于水中央，心上的她如今音讯全无，让这饱含深情的红笺小字，不知怎样传书递简？鸿雁传书、鱼传尺素成为泡影，词人此情难寄，惆怅顿生。

"鸿雁在云鱼在水，惆怅此情难寄。"此一句尽显晏殊笔法之妙，婉转含蓄，别有风致。《汉书·苏武传》中有这样的句子："天子射上林中，得雁，足有系帛书，言武等在某泽中。"说的是汉武帝时，出使匈奴的汉朝使臣苏武被扣留，在北海苦寒之地羁押多年，受尽磨难。后来，汉朝又遣使者前去匈奴要求释放苏武，单于却谎称苏武病死。有人暗地告知使者真相，并出谋划策，让他告之单于：汉天子在上林苑射猎，一只鸿雁应声而落，雁足上系着帛书，上面写着苏武等人在北海。这样，匈奴单于只得把苏武放回汉朝。这就是"鸿雁传书"的由来。

"鱼传尺素"一说，出自汉乐府《饮马长城窟行》一诗："客从远方来，遗我双鲤鱼。呼儿烹鲤鱼，中有尺素书。"说的是妻子和远征的丈夫天涯两地，靠鱼腹中的尺素来传递思念之情。古代的书信通常用绢帛书写，长度约一尺，因此称尺素。

"鸿雁传书""鱼传尺素"后来成为古典诗词中传递书信的代名词。

因为鸿雁飞翔在云端，鱼儿游戏在水里，心愿难了，忧思难寄，词人眼前的山川日月，一下子失去光彩，不自觉地染上心境之色调。

于是，在我们面前呈现出这样一幅画面：一轮残阳渐然西下，淡淡的斜晖拉长倚楼远眺的一个落寞的背影。远处数点峰峦，遮

蔽了他向她凝眸怀望的视线，阻隔着她与他彼此往来的音讯，这是一件多么令人酸楚的心事。

"人面不知何处，绿波依旧东流"，结句化用唐朝崔护《题都城南庄》中的"人面不知何处去，桃花依旧笑春风"，诉说着词人的伤心失落。

自别后，那面如桃花的恋人音讯全无，不知流落何处。而曾经渡伊人远去、照映过伊人倩影的一江绿水，仍旧在缓缓地流淌。纠结万般的词人，只能将一腔思恋之情交付绿水，让它们随着绿波悠悠流向远方，去到伊人身边。

斜阳，西楼，远山，帘钩，绿水，一系列看似相对静止的景物，在读者眼前勾勒出一幅宁静、舒缓的画面。可是，在这方宁静、舒缓之中，我们还是触探到了词人内心的轩然大浪。

晏殊，字同叔，北宋著名的词人、文学家。他生于一个普通人家，却异常早慧，勤奋苦读，自幼便有"神童"之名。他七岁能属文，十四岁得到宋真宗嘉赏，并赐同进士出身，官至宰相之位。身处大宋承平时代的他，素有"太平宰相""宰相词人""富贵词人"的美誉，即便因得罪刘太后被贬谪出京，也仍是掌握一方军政大权的封疆大吏。相比于李煜、苏轼而言，晏殊可谓大富大贵，一生顺遂。

诚然，漫漫红尘，无论一个人怎样大红大紫、富贵荣华，也都逃不过那句古话：不如意事常八九，可与语人无二三。居庙堂之高

　　的他，不会因生计之困而苦恼，却也有高处不胜寒的孤独，所以，他有着"若有知音见采，不辞遍唱阳春"的歌而咏之；亦有"劝君看取名利场，古今梦茫茫"的深然喟叹，还有"昨夜西风凋碧树，独上高楼，望尽天涯路"的慨当以慷，他借诗词来吐纳心声，纾解情怀，在落叶飘零、西风萧瑟的晚秋，独上高楼，凭栏远望，不见斯人，百感交集，望断天涯之归途。

　　国学大师王国维认为，古今之成大事业、大学问者，必定经过三重之境界。晏殊的"昨夜西风凋碧树，独上高楼，望尽天涯路"一句，被王国维先生赞为第一重境界，言及"此等语皆非大词人不能道"，评价极高。

　　欧阳修评价晏殊："自少笃学，至其病亟，犹手不释卷。"可见，纵然天分极高，能汇聚"神童"之神力，能久踞权力中央，也是他站高望远、孜孜不倦、不懈追求的结果。经历一番寒彻骨，终得梅开枝头香，此第一重境界之根本。

　　晏殊工诗善文，以词著于文坛，尤擅小令，有词集《珠玉词》传世。"珠玉词"，此名不虚。他的词温润秀洁，典雅明丽，实有珠圆玉润的品质。他开创了北宋婉约词风，词到晏殊这里，褪去花间派的脂粉气，由"伶工之词"过渡为"士大夫之词"，他以其独具的名公巨卿身份和优秀的辞赋作品，带动着北宋词坛的进一步繁荣发展。

晏殊与其第七子晏几道被称为"大晏"和"小晏",与欧阳修并称"晏欧",且被后人尊为"北宋倚声家初祖",现代古典诗词大家叶嘉莹先生写诗赞其"珠玉继阳春,更拓词中意境新"。足见晏殊的辞赋水平、词坛地位以及出色贡献。

晏殊还注重奖掖后辈,做地方官时,重视教育,致力于书院的发展,曾力邀范仲淹等名士到书院讲学,培养大批优秀人才。

人们常说"诗穷而后工",意思是文人在生活上饱经忧患、颠沛流离,如杜甫、李煜、苏东坡等,才能写出深挚动人的诗篇,赋到沧桑句便工,其实不尽然。

对于一个生性敏感、才华横溢的诗人而言,四时之变幻,世态之冷暖,世情、人情、爱情、乡情、友情,俗世烟火、歌舞宴乐,落寞与喧嚣,离合与悲欢,都可以诱发词人内心蓬勃的情感,让具有深刻洞察力和语言表现力的他们,激荡诗心,拈词成句,连句成篇,造就富于诗意、美感、艺术感染力的优秀诗作。晏殊正是兼具此种禀赋的出色词人。

他能将理性之思致,融入从容淡雅的笔法之中,"在伤春怨别之情绪内,表现出一种理性之反省及操持,在柔情锐感之中,透露出一种圆融旷达之理性的观照。"

这样的红笺小字,他书写了一封又一封。

除了这首《清平乐·红笺小字》,另有一则"欲寄彩笺兼尺素,

山长水阔知何处"的怅叹，有"别来音信千里，恨此情难寄"的
愁郁，还有这一阕满目凄凉的《踏莎行·碧海无波》：

碧海无波，瑶台有路。思量便合双飞去。当时轻别意中人，
山长水远知何处。

绮席凝尘，香闺掩雾。红笺小字凭谁附。高楼目尽欲黄昏，
梧桐叶上萧萧雨。

——晏殊《踏莎行·碧海无波》

想你的时候，也是孤独的时候，我就铺开纸笺写信，写给你，
抑或我自己。即便红笺小字无由附，即便山长水远，高楼目尽，
音信难通。

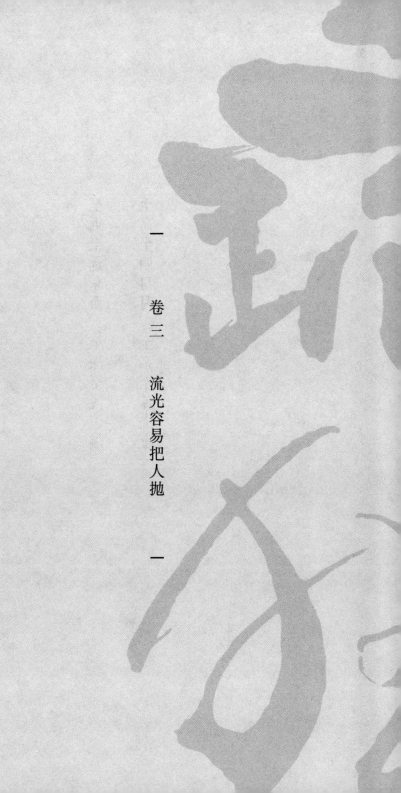

一

卷三　流光容易把人抛

一

至近至远东西，至深至浅清溪。

至高至明日月，至亲至疏夫妻。

——[唐]李季兰《八至》

李

季兰

道观一季兰，寂寞千载心

　　人这一生，没有谁能一顺到底，有小确幸，亦有磨难和坎坷，不如意事常八九，酸甜苦辣掷流年。而有一个才女，在短短数十载生涯中，幸与不幸都是大开大阖，不能不令人沉痛扼腕。

　　她就是李季兰。

　　小时候，她还不叫李季兰，父母为她起名李冶。冶，大概取《荀子·非相》中"美丽姚冶"之意，"姚"，美好的样子。父母希望她成为一个美貌艳丽的女子。确实，小李冶丽质天生，姿容秀美，还特别聪慧灵动，童年即出口成句，显露诗才。

　　六岁那年，在一次家族聚会中，父亲有意在众人面前显摆小女的机敏和诗才，便让她即兴赋诗。面对济济一堂，小李冶毫不怯场，看到院内蔷薇烂漫枝头，信口而出：

经时未架却，心绪乱纵横。

　　满座皆惊。众族亲连连赞叹，为这个天才诗童由衷喝彩。可是，一旁的李父内心却五味杂陈。

　　"经时未架却，心绪乱纵横"写出满院蔷薇盛放，未及打理，长得蓬勃肆意，像理不清的心绪，诗句尽绽才气。然而，李冶的父亲不以为然，他刻板又固执地由"架却"联想到其谐音"嫁却"，认为小小年纪的女儿"聪黠非常"，有着离经叛道的心思，他为女

124

儿的早慧百般纠结。

　　十一岁时，李冶被父亲送到剡中（今浙江嵊州市）的玉真观出家为女道士，以求道观的无为清静来净化她的叛逆。"父母之爱子，则为之计深远"，也许只能用这句话来诠释李父的做法了。

　　好在，自理能力超强的李冶随遇而安，她将名字改为李季兰，开启了自由独立的女道士生活。

　　唐朝是一个包容且开放的朝代。当年，李唐宗室为推重家族势力，自诩是老子李耳的后代，大力宣扬道家，道教之贵天下皆知。"上有好者，下必甚焉"，在这样的大氛围下，唐朝上上下下都燃起了修道的热情。贺知章、王维、李太白、白居易都曾踏进过道教之门。皇室贵卿的武则天、玉真公主、杨贵妃、上官婉儿都曾入过道观。

　　加之唐王朝对修道之人有诸多优惠政策："凡道士给田三十亩，女冠二十亩"。所以，入道不失为一种谋生方式，同时也是改变社会境遇的一种良好途径。李季兰与鱼玄机、薛涛被后人称为唐代三大女冠诗人。女冠，即女道士。薛涛乐妓脱籍后，身着素色道袍，在成都郊外隐居；出身闾里的鱼玄机，因嫁人做妾被遗弃，在长安咸宜观出家为女道士。有唐一代，女道士乃一种比较体面的身份，富有才情的她们，身边文人雅士聚集，琴棋书画，诗酒唱酬，随意交往云游。道观成了文人骚客、达官贵人的社交之所。

在道观里，李季兰渐渐长大成人，《唐才子传》里描绘她："美姿容，神情萧散。专心翰墨，善弹琴，尤工格律。"试想，一个又漂亮又有才华，会弹琴会吟诗，神情潇洒、性情豪气的妙龄女子，如何能不引人注目。

他对她，青眼有加。

当然，道观之内的李季兰对人间情爱满怀向往，她也注意到了他，在剡中隐居的名士，儒雅风流的青年才俊朱放。

正像人们所说的，第一眼就喜欢的人，是灵魂认出了对方。他对她相见恨晚，她对他一见倾心。两个人情愫暗生，难舍难分，他们抑或放舟剡溪，游山玩水；抑或品茗清谈，抚琴相和；抑或形影相随，幽会于月下花前。连枝头的鸟儿也悄悄噤了婉转歌喉，不忍打扰他们的幸福。

可惜好景不长，一纸诏令传来，朱放被皇帝派遣到江西任节度参谋。自然，身为女道士的李季兰不能相伴相随。多情的朱公子满含深情地做一首《别李季兰》，和恋人依依道别，带着正妻，策马扬鞭赴任去了：

古岸新花开一枝，岸傍花下有分离。
莫将罗袖拂花落，便是行人肠断时。

——朱放《别李季兰》

挥手自兹去，萧萧班马鸣。自此，情窦初开成了前尘往事。朱公子之后的心绪已无从知晓，李季兰却被伤得痛彻心扉。《相思怨》抒写的就是彼时刻她的一腔断肠心绪：

人道海水深，不抵相思半。

海水尚有涯，相思渺无畔。

携琴上高楼，楼虚月华满。

弹著相思曲，弦肠一时断。

——李季兰《相思怨》

她说，不要说海水最深，大海之深不及她相思的一半。广袤的海岸尚有边际，她的相思长长无边无沿。她独自携琴登上高楼，清冷的月光洒满寂寥的房间。孤寂的她想奏一曲内心的思恋，奈何相思的愁肠和着琴弦一起断绝。

楼是空的，月是冷的，已够凄清。曲未终而弦、肠并断，更显凄绝。绝望的尽头是更深的绝望，读诗的你我都有悲情之感，那写诗的人该几多孤苦和无助。

一段感情不是说释怀就能释怀和放下的，她继续写对他的相思，点名道姓，又痴情又直接，毫不隐晦和掩饰，胸臆直出，将所想所感述之笔端：

望水试登山，山高湖又阔。

相思无晓夕，相望经年月。

郁郁山木荣，绵绵野花发。

别后无限情，相逢一时说。

——李季兰《寄朱放》

无奈相望不相逢，走远的已经走远，生活还得继续。好在，她的身边还有个交往深厚的知己好友——陆羽，也就是那个被后世盛赞"茶仙""茶圣"。

陆羽因相貌丑陋，生下来就被父母遗弃，成为弃儿。幸而被龙盖寺住持僧智积禅师收养，长大后成为一名道士。陆羽博学多能，"词艺卓异，为当时闻人"，在茶学和文学上都造诣颇深，时人盛赞其超凡脱俗、不慕功名利禄，乃真正的清雅之士。

陆羽其貌不扬，还有些口吃，却幽默机智，正是因为他的清雅多才和独一份的机敏睿智，让李季兰刮目相看，两人成了煮茶吟诗、无话不谈的朋友。

就这样，陆羽又欣然介绍身边情谊深厚的友人给李季兰认识。其中，有位僧人朋友叫皎然，皎然是东晋名将谢玄的后人，人如其名，生得玉树临风，一表人才，天生出自名门贵胄的清俊高雅气质。这种清俊高雅气质让李季兰尘封的爱情，在刹那而来的一阵春风中复苏和骚动，芳心大乱的她情不自禁写诗，热辣辣地剖露小心思："尺素如残雪，结为双鲤鱼。欲知心里事，看取腹中书。"

岂料神女有心襄王无梦，禅心已定的皎然不失分寸地回诗婉辞："天女来相试，将花欲染衣。禅心竟不起，还捧旧花归。"

李季兰也是一个爽快人，感叹一句"禅心已如沾泥絮，不随东风任意飞"，选择和皎然继续做朋友。

陆羽一直是李季兰身边对她最为情深义重、体贴入微的那个人，李季兰卧病在榻的时候，他忙前忙后，端茶倒水，嘘寒问暖，无微不至。李季兰病愈之后，以诗相赠，表达深挚的谢意。可自始至终，她对陆羽都以朋友相待。

在她心目中，陆羽从来就是那个最懂得、最亲切、最了然、最知交、相处最舒服的一个。她爱过，痛过，伤过，再也不想让这一份纯然的朋友之谊掺杂其他，被生活折磨得面目全非。

至近至远东西，至深至浅清溪。
至高至明日月，至亲至疏夫妻。

——李季兰《八至》

小诗因首字在诗中反复出现八次，故曰《八至》。短短四句，平白如话，却"字字至理，第四句尤是至情"，极具思辨性。

在这个无常的世界，最近的也是最远的，最爱的也可能是最恨的。东西可以指方位，也可指物事。一湾清溪，深则秘不可测，浅则鱼虾可见，各有特质，各有所为。乃至高悬于空的日月，乃至同床共枕的夫妻。"至亲"莫若夫妻，然而貌合神离、反目成仇者屡见不鲜。

所有的物事，距离因参照物不同而变化，间隔可以为零，然咫尺也即天涯。所以，保持各自的空间，把握一定的距离感，才相处得舒服和坦然。

一生渴望爱情的李季兰，始终孑然一身。但孑然一身的她对世态人情、爱情婚姻却有着惊人的见解，在这首《八至》中，李季兰凭着自己的灵性，参透人生哲理，又总结得这么凝练通透，一剑封喉，不能不令人动容。不得不说，悟性本能，天赋异禀。

她只想凭借才华，和好友一起围炉煮雪，谈诗论道，享受人至暮年的清宁。

奈何盛名之下，何来清静一说？李季兰的才名惊动了唐代宗李豫，他下诏让李季兰进京面圣，想亲眼看看名满天下的女道士怎样一个锦心绣口。

皇恩浩荡，无法忤逆。

虽然已是知天命的年纪，可在唐代宗眼里，李季兰依旧有着自己独有的风流，她获得"俊妪"之称，也得到了"上比班姬（婕妤）

则不足，下比韩英（兰英）则有余"的高度评价，何其有幸。

　　然而，大喜之后是大悲。建中四年，长安发生哗变，叛党朱泚称帝。李季兰不幸被掳，在叛军威逼下，她被迫为朱泚献诗。

　　不久，朱泚败亡。德宗还朝后，立即清算朱泚余党，为朱泚献诗的李季兰未能幸免。唐德宗对这位年老的女诗人毫无怜悯之心，速以李季兰为叛党献诗之罪，下令将她乱棒打死。

　　一代才女李季兰，就这样香消玉殒。

　　此后，陆羽闭门著书，研究天下之茶，终生未娶。

寂寂竟何待，朝朝空自归。

欲寻芳草去，惜与故人违。

当路谁相假，知音世所稀。

只应守寂寞，还掩故园扉。

——［唐］孟浩然《留别王维》

孟

浩然

闲云野鹤度平生

"春眠不觉晓，处处闻啼鸟。夜来风雨声，花落知多少。"《春晓》这首小诗，平易自然，且悠远深厚，广为传诵，从牙牙学语的孩童，到耄耋之年的老人，无不张口就来。这首诗的作者，就是家喻户晓的大诗人孟浩然。

孟浩然，湖北襄阳人，世称孟襄阳，因未曾入仕，也被称为孟山人。他和王维同为盛唐山水田园派诗人的代表人物，世人称他们为"王孟"。

大唐是诗的国度，盛行以诗会友，诗是才子们的敲门砖，也是通行证，王维和孟浩然便是在这样的际遇下相识的。

开元十六年（公元 728 年），四十岁的孟浩然来到京城长安参加科考。同年，王维也由淇上返回长安，因诗名远扬，受到集贤殿学士张说的举荐，被安排在集贤院任校书郎一职。

张说是唐朝著名政治家、文学家、诗人，他执掌文坛近三十年，为大唐一代文宗，以"善用人之长，引天下知名士，以佐佑王化"著称，身边文人墨客来往不绝。

在张说组织的一次诗人聚会上，王维见到了闻名已久的孟浩然。

那是一个秋日的傍晚，小雨丝丝，阶下生凉。在大宋最高学府太学的宴客厅内，高朋满座，名仕鸿儒欢聚一堂，谈笑风生。这时，张说带着一位身材颀长、骨貌淑清、风神俊朗的男子进来，男子向众人深深施礼。张说向众人介绍说，男子是诗人孟襄阳，此次进京应考，以后可以和大家一起写诗，诗酒唱和。众人一片欢呼。

王维早就拜读过孟浩然的诗作，乍一相见，脑子里诗文的印象，和眼前诗人的风神十分契合，欣喜异常。

诗人间的聚会，吟诗作赋当然是重头戏。适逢窗外新雨初霁，张说倡议以此为话题联句作诗，在座者纷纷附和。

张说是主人，年龄最长，又是游戏的发起者，所以不遑多让，他抚须而吟："秋阴士多感，雨息夜无尘。"众人齐声喝彩。

孟浩然是今天的贵客，自然紧随其后，他并不推辞，淡淡道出："微云淡河汉，疏雨滴梧桐。"微云，河汉，疏雨，梧桐，本是寻常之物，平淡无奇，由两个动词"淡""滴"巧妙地连接起来，自然而韵致，创不平常之境。云，淡而有形；雨，疏而成滴。视觉与听觉交相呼应，勾勒出一幅静谧清幽的秋夜图。

此句一出，满座皆惊，众人纷纷拍手称绝，无不为诗人巧妙的构思和精湛的诗艺所折服。尔后，人人搁笔，笑称孟襄阳有诗在前头，无以为继。

此联宛如天籁之音，清淡优美，非一般笔力所及。后来，这两句诗以断句形式，被载入《全唐诗》，传诵千年，与孟浩然其他优秀诗篇并驾齐驱，代表了孟浩然的田园诗风。

夜宴过后，因性情相投，诗风相近，互为欣赏的孟浩然和王维来往最为密切。因孟浩然比王维年长十二岁，两人结为忘年之交。

　　王维非常敬仰孟浩然的才情,欣赏孟浩然为人处世的俊逸洒脱,精通书画的他,曾欣然提笔,精心临摹一幅《襄阳孟公马上吟诗图》赠予孟兄。画上的孟浩然"状颀而长,峭而瘦,衣白袍,靴帽重戴,乘款段马,一童总角,提书笈负琴而从。风仪落落,凛然如生"。孟浩然看到画像后开怀大笑,感谢王维的盛情和用心。

　　唐朝的科考并非一考定终身。当时盛行"行卷"制度。在考试之前,允许士子们把自己的得意诗作,写成卷轴,呈送给士族显贵或者社会名流,请求他们向主考官推荐。科举考试还是要如期举行的,不过,礼部组织科考的时候不糊名,知贡举等主试官员会根据推荐人呈递上来的"行卷",与科举试卷相对照,来综合考量士子的才能水准,由此决定名次高低。

　　当年,妙年洁白、风姿郁美的王维,就是以一首精妙绝伦的《郁轮袍》,获得玉真公主的赏识和推荐,于唐玄宗开元九年金榜题名,进士及第。当然,少有诗名、才华卓然的王维也是具备题名金榜这份能力的。

　　此前的几十年间,孟浩然一直是不走寻常路的那一个。永昌元年(公元689年),孟浩然生于襄阳城中一个薄有恒产的书香之家,小时候,他和弟弟一起勤奋攻读,业余时间练习剑法。二十三岁时,他与好友张子容同隐鹿门山。此后十多年,辞亲远行,在长江流域一带漫游,广交诗友。

　　这次参加春闱应举，是四十岁的孟浩然第一次来到长安城。

　　或许因为他隐居时间太久，或许清高的他并不适应当下的世情，在开元十七年春试中，名动公卿的孟浩然，竟然不幸落第。

　　显然，孟浩然并没有王维那一份幸运。另外，唐代科举取士规模极小，进士科得第更加不易。当时流行这样的段子："三场辛苦磨成鬼，两字功名误杀人。"有唐一代科举竞争的激烈程度可想而知，再加上不可预见的原因，能够首战告捷的幸运儿屈指可数。骆宾王、张若虚、王之涣以及李白、杜甫等名声在外的诗人都不是进士出身。边塞诗人高适自二十岁起即积极求取仕途，屡赴长安应试，但"累荐贤良皆不就"，直至四十六岁，才制举中第。所以，孟浩然此次失算，亦在情理之中。

　　初出江湖即名落孙山，孟浩然分外沮丧。王维也为好朋友倍感愧惜，但以他当下的资历，帮衬能力实在有限，只能嘘寒问暖，予以宽怀。

　　一日，孟浩然来到集贤院拜访王维，两人喝酒聊天，相谈甚欢，忽然下人来报：圣上驾到。

　　孟浩然万万没有想到在这里会撞见玄宗皇帝。按唐朝律令，布衣身份不能面见皇上。君威如虎，孟浩然心中大骇，看到集贤院为臣僚值班休息准备的木板床，情急之中，匍匐身子，到床下躲避。

　　玄宗皇帝坐定后，但见桌台上两副杯盏，遂问：王爱卿可有贵客在此？

　　王维不敢隐瞒，据实禀告。玄宗皇帝听后非但不生气，还豪爽大笑说："孟爱卿在吗？朕听说过他的诗名，恕他无罪，请他出来吧，朕今天也认识一下这位诗人。"

　　孟浩然无奈，只好从床下匍匐而出，衣服、鞋帽上沾满尘土的他，一脸狼狈地俯伏在玄宗皇帝面前，叩拜圣驾。

　　玄宗皇帝没有计较，让他免礼平身，和气地说："朕听说你很有诗才，最近可有新作，吟两句朕听听。"

　　在这样的状况下面圣，还是生平第一次经历如此大的场面，孟浩然紧张至极。闻听玄宗皇帝说诗，才稍稍松了一口气。他略略整理衣袍，施礼回复："微臣有一首新作，还恳请圣上赐教。"遂不假思索，朗声道来：

　　北阙休上书，南山归敝庐。

　　不才明主弃，多病故人疏。

　　白发催年老，青阳逼岁除。

　　永怀愁不寐，松月夜窗虚。

——孟浩然《岁暮归南山》

　　这首《岁暮归南山》是他落第后的抒怀之作。自诩"词赋亦颇工"的他，满怀"何当桂枝擢，归及柳条新"的热望，希望在春试中金榜题名，好给家族一个交代。不料却名落孙山，斯文扫地，免不了牢骚满腹，怨天尤人，颇有"怀才不被人识、良骥未遇伯乐"的愤慨。这些天他心中一直被这样的情绪所左右，本没有顾虑太多，听得圣上要听新诗，没有多加考虑，脱口而出。将诗人天真之心性，暴露得鞋底朝天，殊不知，一石激起千层浪。千载难逢的机遇，在他这里成了千年不遇的麻烦。

　　玄宗皇帝何许人，他雅爱诗文，通晓音律，怎听不出诗中的况味。况且他素以招贤纳士、求贤若渴自居，这首牢骚诗，孟浩然吟得实在不合时宜。

　　唐玄宗一脸铁青地喝断孟浩然的吟诵，大声斥责道："卿不求仕，而朕未尝弃卿，奈何诬朕？"真真龙颜大怒。一旁的王维忙上前请罪。唐玄宗大手一挥，拂袖而去。

　　"孟兄那么多好诗不吟，何以拿这首诗来责怪皇上的为人？"皇帝走后，望着一脸沮丧的孟浩然，王维欲言又止。

　　得罪了皇上即得罪了官场。孟浩然此时才幡然警醒。后悔莫及，他是怎样错失良机，把自己逼进死胡同。无奈，吟出的诗，覆水难收。

　　此后，孟浩然被张九龄招致幕府，但时间不长就辞去了。

孟浩然郁郁不得志，其实与自身性格亦有很大关系。曾担任襄州刺史的韩朝宗，是个宅心仁厚的好官吏，常热心推荐、提拔有才能的人到朝中做官，造福黎民百姓。韩朝宗非常欣赏孟浩然的诗才，跟孟浩然约定好见面的时间，予以向朝廷举荐。岂料那天孟浩然却跟朋友喝酒去了，有人提醒他去赴约，他置之不理，说赴约没有喝酒重要。一个亟待出仕的人，竟因饮酒误事，不履约定，漠视规则，注定不适合做官。

既然待在长安已无意义，孟浩然决定离开京师，回襄阳老家再做打算。他还是习惯闲云野鹤般的隐士生活，身处山水田园中的他，才有诗仙李白眼中的夫子风度、浩然之气：

> 吾爱孟夫子，风流天下闻。
>
> 红颜弃轩冕，白首卧松云。
>
> 醉月频中圣，迷花不事君。
>
> 高山安可仰，徒此揖清芬。

——李白《赠孟浩然》

灞桥之上，王维依依不舍地送别孟浩然，望着好友日渐斑白的双鬓，他赋诗一首，以做宽慰：

杜门不复出，久与世情疏。

以此为良策，劝君归旧庐。

醉歌田舍酒，笑读古人书。

好是一生事，无劳献子虚。

——王维《送孟六归襄阳》

作为知心朋友，王维设身处地，坦诚相劝：孟兄有文采，善词章，风度潇洒，率真善良，实乃性情中人。仕途乖舛，孟兄不必为落第而忧伤，亦不必为碰壁而烦恼，更不必劳心去献赋逢迎。不如暂且回到旧地故居，归耕田园，醉歌田舍酒，笑读古人书，一生坐拥林泉，安怡自乐，岂不快哉。

只有真诚相待的朋友才能给予这样的肺腑之劝，此诗虽出语平淡，但真情浓厚，已然可贵。

孟浩然非常感谢王维的一片诚意，回想这一年来在长安的经历，他百感交集，遂作诗酬答，这就是这首《留别王维》一诗的由来。

在诗中，他语气沉痛，落寞地向朋友王维倾诉：

我，一个落第士子，除了寂寞如影随形，又有谁来理睬，有谁陪伴，为我宽慰释怀。长安虽好，无高人举荐，无我容身之所，又有什么可留恋的呢？不如归去，不如归去。

在这个炎凉的世间，知音难遇，能懂得自己、赏识自己的人

实在稀少。好在，还有王维你这位挚友，有你这位了解我的心事、和我惺惺相惜的知音，与你为友，尚有诗可以抒怀，我已经很满足了。我就要离开这伤心之地，返回襄阳了故里，那一方幽静田园，从来不会将我抛弃，不会对我置之不理。别了，朋友。别了，长安。

这首诗，怨艾之中，又带着孤独的心酸，情感真挚，言浅意深，耐人咀嚼。

"自抒己情，以待知者知。"好在，孤独失意的他，还有王维这么个好朋友，可以互诉心怀。

我有一瓢酒，可以慰风尘。不惜歌者苦，但伤知音稀。遇到和自己相悦相惜的这一个，可谓人间值得。

晨起动征铎，客行悲故乡。

鸡声茅店月，人迹板桥霜。

槲叶落山路，枳花明驿墙。

因思杜陵梦，凫雁满回塘。

——［唐］温庭筠《商山早行》

温

庭筠

晚唐时代的一位奇才

今夜，无眠的他，在离家的路上，越走越远，远得看不见家的方向。他想念家乡的老屋，想念老屋里的亲人，想念屋顶的炊烟，想念厨房饭菜的香气，彻夜辗转。

终于，那扇黑乎乎的小木窗透过一丝晨曦，茅店里响起一声两声的鸡鸣，悠长，嘹亮，撕开黑夜的沉寂。天要亮了。他该上路了。

经过一夜的休憩和给养补充，马儿养足了精神，向着主人咴咴地叫着，等待踏上新的行程。诗人把马牵出马槽，套上马鞍，把行囊装上马背。他牵着马，马驮着行囊，他们出发了。

天色尚未透亮，像他一般蒙蒙眬眬，睡眼惺忪。西边，一轮残月悬于天际，掩映在山峦和树梢之间，格外清冷和遥远。

这一路上，有条条的山涧，有淙淙的溪水，细细碎碎的水声犹如踩在他的脚下，和他一起去往远方。一座窄窄的木板桥，走在上面，吱吱呀呀地响，昨夜的春寒在桥上铺满银色的细霜。"莫道君行早，更有早行人。"板桥上的足迹踏霜而行，清晰可见。原来，他们都是匆匆赶路人。

"未晚先投宿，鸡鸣早看天。"一个人出门在外，要赶路，更要考虑安全。特别是行走山间，九里不见村，十里无人烟，错过一家驿站，天黑之前可能就要被搁浅在荒郊野外。所以，长途跋涉的旅人往往早做打算，住宿打尖，靠早起赶趁行程。

这个初春时节，枯败的槲树叶在料峭春寒里一片片飞离枝头，山路上积满厚厚一层，而白色的枳花已经开了，在晨曦中一朵一朵格外亮眼，绚丽无比。这样的景色与故乡迥然不同。昨夜的梦里，春天来了，故乡杜陵的池塘汪汪一池碧水，野鸭和大雁也从南方回来，在池塘里欢快地嬉戏。远行的游子，却告别了温暖的家园，在清冷苦寒的晨霜中独自奔波。

这是温庭筠《商山早行》带给我们的诗意。通篇围绕"早"字，写山中驿站的景色，表现行旅中寂寥与清冷，突出那份在山野中泛滥的乡愁。

人们常说："在家千日好，出外一时难"。在古代，由于交通、通信困难等许多原因，士人往往安土重迁，怯于远行。只有在不得已的情况下，才考虑出门行旅。所以，诗歌浸淫的不只是一种思乡愁绪，还有一份漂泊在外的孤苦。

尤其"鸡声茅店月，人迹板桥霜"一句，历来脍炙人口。

相传，宋代大家欧阳修非常赞赏这一联，曾一试身手，仿作"鸟声茅店雨，野色板桥春"，但终未能超出原诗韵致。

明代李东阳在他的《怀麓堂诗话》里阐释说："'鸡声茅店月，人迹板桥霜'，人但知其能道羁愁野况于言意之表，不知二句中不用一二闲字，只提掇出紧关物色字样，而音韵铿锵，意象具足，始为难得。若强排硬叠，不论其字面之清浊，音韵之谐舛，而云我能写景用事，岂可哉！"

　　李东阳的意思是说，"鸡声茅店月，人迹板桥霜"十个字，字字珠玑，没有一个字是生拉硬拽或者滥竽充数的。这十个字，还有一个特点，都是名词，没有动词在其中联缀。名词排列成句，稍不注意就会有铺排堆砌之感，写得好了，却能增加诗歌容量，表达更深刻、更广泛的意思。譬如这联，鸡、声、茅、店、月、人、迹、板、桥、霜，每个字代表一种事物，每种事物都能勾起乡愁，而联合起来，就是一幅画，一幅旅人早行图，有静，有动，有行，有声，有色，有意境。清冷、高寂、萧索、悲凉，甚至苦寒，都在这十个字中体现得淋漓尽致。

　　无独有偶，马致远的小令《天净沙·秋思》也是名词并置的典范："枯藤老树昏鸦，小桥流水人家。"这又是一幅凄凉、萧瑟、落魄的晚秋图画。

　　彼时，温庭筠刚离开杜陵，路经商山。杜陵原为汉宣帝刘询的陵寝，地属古长安，在渭水南岸，后来成为著名的旅游胜地。杜牧、韦应物家族世居杜陵，杜甫也在杜陵栖息。文人们经常在这里登高览胜，吟诗作赋，杜陵因此也成为唐诗中的常客。商山在现在的陕西商洛市东南，属于秦岭东麓。商山长得最多的是槲树和枳树，槲树叶子在冬天枯而不落，到了初春，树枝发芽，枯叶才落下，跟桂树比较相似。枳树又名臭橘，橘生淮北则为枳，指的就是这种树，开白花，花茂密，"槲叶落山路，枳花明驿墙"正契合商山春天的特征。

这样清冷的早晨，这样艰辛的行程，温庭筠自然而然会想起自己遥远的故乡，想起刚离开的杜陵，温暖的池塘以及池塘里的野鸭和大雁。它们冬天到南方过冬，春暖花开之时，又回到杜陵的"家"。而自己，却在初春乍暖还寒的时节，离开家乡，离开亲人，离开杜陵熟悉而亲切的景致，戴月踏霜，载着故乡的梦启程远方。

"因思杜陵梦，凫雁满回塘。"是对比，是咀嚼，是留恋，是游子对故乡最深刻的记忆。

史书记载温庭筠是山西祁县人，据考证，他并未在祁县居住过，自幼随家客游江淮。祖上温彦博曾任宰相，不幸的是，温庭筠年幼失怙，父亲在他八岁的时候去世，家道中落，母亲带着温庭筠兄弟姐妹四人艰难度日。四年后，温庭筠父亲的生前好友段文昌从云南做官回来，对温家施以援手，带小温庭筠到自己的家乡杜陵，和自己的儿子段成式一起读书上学，共度一段快乐的少年时光。成年后温庭筠特别喜欢杜陵这个诗意聚集的地方，也非常珍惜年少时这段美好时光，于是，把杜陵当作自己的第二故乡。

温庭筠是晚唐时代的一位奇才，他文思敏捷，身手不凡，参加科考时，从来不须打草稿，只是把手笼在袖子里，伏在案几上，一叉手即成一韵，八叉手速成一篇，有"温八叉"之美誉。他还善于代人捉刀，应试能力特别强大，可谓才大气旷，恃才放浪。

但也由于太过于恃才放浪，从不把规则放在眼里，自是惹得制定规则的人不高兴，因而多次参加科举而不第。不第，就是没有机会、没有平台施展，纵有天纵之才又何如？

唐宣宗大中九年（公元855年），他又一次参加考试，早早做完自己的卷子，还暗中给八九个考生答题，扰乱考场秩序，闹得满城风雨，再一次被剥夺录取的资格。

朝廷本来很看好温庭筠的才华，但这次考试让朝廷很失望，加上温庭筠傲视权贵，唐宣宗一怒之下，将温庭筠发配到湖北随州做了个县尉，相当于主管治安的副县长，太不尽如人意了。

朝廷之命，不能不从。从长安到随州，诗人路过商山，于是有了这首《商山早行》。斯时的温庭筠，考场失意，官场失宠，夜店失眠，心绪低落，山路早行，心境凄凉，对故土的依恋难舍乃是慰藉他的最浓厚的一脉温情。因而，对比杜陵"凫雁满回塘"的温馨记忆，眼前"鸡鸣茅店月，人迹板桥霜"，令诗人倍感初春的萧索。

文章憎命达。温庭筠虽然仕途不得志，但诗词写得好却是公认的。他的诗与李商隐齐名，并称"温李"。他成就最高的还是词，他的词专写花前月下、深闺怨情，如"小山重叠金明灭，鬓云欲度香腮雪。懒起画蛾眉，弄妆梳洗迟。照花前后镜，花面交相映。新帖绣罗襦，双双金鹧鸪。"以一个男子的角度来倾吐闺情，写得绮艳香软，华美精致，是晚唐词坛"花间派"的鼻祖，对词的发展贡献突出。

温庭筠的《新添声杨柳枝词》里的一句"玲珑骰子安红豆，入骨相思知不知"，时下经常被引用，广为流行，寄托男女相思之意。这样的词风，和李商隐的深情绵邈、秾艳绮丽恰成一对。诗有李商隐，词出温庭筠，几可窥晚唐诗坛全貌。

另有一首闺怨词《望江南·梳洗罢》，写女子思念远行的丈夫，倚楼望远，茶饭不思，坐卧皆念，诗语工巧浑成，流利而含蓄：

梳洗罢，独倚望江楼。过尽千帆皆不是，斜晖脉脉水悠悠。肠断白蘋洲。

——温庭筠《望江南·梳洗罢》

《商山早行》写旅人悲故乡，《望江南》写闺妇思远人，虽主题各异，手法不一，不过格调相似，皆愁绪如雾，孤苦如风雪，有着同样愁惨而凄厉的基调。

值得庆幸的是，即便人心难测，世情如霜，生活艰难，处境凄凉，但并不妨碍这位才子诗人，这树晚唐奇葩的诗情迸发，苦中作乐，诗以寄情，这些爱意隐忍而晦涩的表达，看着让人心疼。

固然，漫漫征途，有诗可写，能写，于诗情字韵中靠近故乡和亲人的气息，有一处藏身之所，亦是慰藉。

对潇潇暮雨洒江天，一番洗清秋。渐霜风凄紧，关河冷落，残照当楼。是处红衰翠减，苒苒物华休。惟有长江水，无语东流。

不忍登高临远，望故乡渺邈，归思难收。叹年来踪迹，何事苦淹留？想佳人、妆楼颙望，误几回、天际识归舟。争知我，倚栏杆处，正恁凝愁！

——［宋］柳永《八声甘州·对潇潇暮雨洒江天》

柳

永

登高临远的痴情小七

在江南，盼归，是怎样一种情形？

一场暮雨，潇潇似银烛千条泼洒大地，像是给秋天洗了个澡，江天俱澄澈，本该有几分爽洁，但一场秋雨一场寒，雨后的秋天，更多的是清冷。风褪去温柔的面纱，擎起寒冷的旗帜，一阵紧似一阵，咄咄逼人。此时，关山江河，空旷辽远，显得冷冷清清。残日的余晖，怯怯地蛰伏在高楼之上，仿佛受到一丝惊吓，就会悄然遁去。此情此景，无不让人感到凄冷、悲凉。

秋天繁华落尽，删繁就简。树木褪尽它的苍翠与青绿，只留下片片衰黄的树叶和快要光秃的枝干。山坡和原野上，百花凋残，衰草飞扬，就像褪去华丽的衣裳，裸露出枯朽苍老的身躯。曾经的生机盎然，曾经的姹紫嫣红，曾经的草长莺飞，曾经的惠风和畅，曾经的山明水秀，都渐次归于眼前的黯然。秋日空旷的视野之中，只有长江如练，静静流淌，诉说着人世间的离合悲欢。

《八声甘州》是一首羁旅行役诗，羁旅是指一个人长期旅居在异地，行役指因服役或公务长年奔波在外。羁旅行役诗也称为羁旅思乡诗。

出身官宦世家的柳永，原名柳三变，字耆卿，因排行第七，又称柳七。少年的他，机敏聪慧，饱读诗书。在"学而优则仕"的时代，对于大多数读书人而言，"朝为田舍郎，暮登天子堂"为其人生最大理想。柳三变也不例外。

　　十八岁的柳三变带着满怀抱负，带着父母的期望，离开福建老家，前往京师参加礼部考试。不曾想到，初出茅庐、心智单纯的他，一下子深陷在大都市的繁荣奢华、秦楼楚馆的莺歌燕舞之中，将礼部考试抛到九霄云外，只身流寓杭州、苏州、扬州约六、七年光景，每日里作曲、填词，混迹于风月场所，在吴侬软语中名噪一时。

　　直到二十五岁时，方大梦初醒，才想起来自家使命，踌躇满志赶去参加春闱大考，却因"属辞浮靡"，初试落第。

　　还是太过轻狂啊，科考失利的他恃才负气，以一首《鹤冲天·黄金榜上》，大发一通牢骚和感慨：

　　黄金榜上，偶失龙头望。明代暂遗贤，如何向。未遂风云便，争不恣狂荡。何须论得丧？才子词人，自是白衣卿相。

　　烟花巷陌，依约丹青屏障。幸有意中人，堪寻访。且恁偎红倚翠，风流事，平生畅。青春都一饷。忍把浮名，换了浅斟低唱。

　　　　　　　　　　　　　　　　　——柳永《鹤冲天·黄金榜上》

　　在以辞赋为名片的大宋朝，所谓成也诗词、败也诗词，绝不虚言。名噪一时的柳三变，自然每一首大作都得以四海传扬，这首《鹤冲天·黄金榜上》一鹤冲天，直冲到大宋朝堂，狂人诳语惹得仁宗皇帝记忆深刻。几年后，柳三变卷土重来，科考成绩不

菲，宋仁宗"临轩放榜"，对他的"忍把浮名，换了浅斟低唱"耿耿于怀，念念不忘，朱笔一挥："此人好去浅斟低唱，何要浮名，且去填词。"遂划去了原本榜上有名的柳三变，这就是"奉旨填词柳三变"的由来。之后，柳永又连考两次，均榜上无名。

历经多次科举失利后，迫于生计，柳永不得不四海漂泊，浪迹江湖宦游干谒，期望能谋得一官半职。在他的《乐章集》中，有六十多首羁旅行役词，描述他在此期间漂泊他乡、宦游沉浮的凄苦孤寂，对故土亲人的思恋，以及怀才不遇的切身感受，展现了他零落半生的追求、矛盾、苦闷、心酸等复杂心态，词境阔大，意境苍凉，真切感人。

羁旅词，大多源于触景生情，由眼中所见、耳中所闻勾起心中所感。站在长江口岸的词人，看关河冷落，残照当头，江水无言滚滚东流，进而触发他对遥远故里的眺望、对温馨家园生活的憧憬。

开端一个"对"字，先声夺人，且透视出词人登高纵目、望极天涯的视野，诗语因此激荡而开阔，让人仿佛置身于潇潇暮雨洒落江天之境，看气肃天清，如水明净。

接着一个"渐"字，紧凑地跟出下文"霜风凄紧，关河冷落，残照当楼"，仿佛箭已上弦，声势、气势一气呵成。

"霜风凄紧"，又一个"紧"字，让这根弦再次绷得紧紧的，满目凄冷霉时裹挟上来。也许，这就是词人述之笔端时的感觉。不能不说柳七公子炼字功夫非常了得。

这是《八声甘州》的上阕，是柳永笔下的秋天。柳永用深邃洗练的语言铺陈了一个秋天，铺陈出秋之萧索、清冷、寥落的意境。是写景，亦是写情，此乃心中之景，有情之景，即所谓景语皆情语也。

"渐霜风凄紧，关河冷落，残照当楼"，此句得到苏轼的大为推崇，盛赞它"不减唐人高处"。所谓"唐人高处"，指的是诗语寓情于景、景中有情、情致深切、悲壮阔大的特色。这样极高的评价，自才大气豪的苏轼口中许之，得之不易，也足见句子的高妙。

柳永是写景高手，同样是写江南，他的另一首词《望海潮·东南形胜》则完全是另一番景象：

东南形胜，三吴都会，钱塘自古繁华，烟柳画桥，风帘翠幕，参差十万人家。云树绕堤沙，怒涛卷霜雪，天堑无涯。市列珠玑，户盈罗绮，竞豪奢。

重湖叠𪩘清嘉。有三秋桂子，十里荷花。羌管弄晴，菱歌泛夜，嬉嬉钓叟莲娃。千骑拥高牙。乘醉听箫鼓，吟赏烟霞。异日图将好景，归去凤池夸。

——柳永《望海潮·东南形胜》

词写杭州的奢华与美丽，烟柳画桥，风帘翠幕，三秋桂子，十里荷花，云树，怒涛，珠玑，罗绮，羌管，菱歌，箫鼓，烟霞，既有自然之景，又有都市繁华，浓墨重彩，华丽宏盛，美不胜收，与《八声甘州》的萧索、冷清、失落大不相同。

无论是景因情设，还是情由景生，总之要情景交融。萧索、冷清、失落的氛围，适合演绎离情别绪。置身这样的景语之下，不能不激荡起漂泊者情感的共鸣。

孤独时会想家，想家中的恋人，《八声甘州》的下阕，词人直抒的就是相思之情。

古时候，长江两岸的山脉高地上会建造一些楼阁亭台，供游人赏观休息，或者送行饯别。所以，漂泊在外的异乡人常常伫立山丘高地，或者站在一座可以放远视线的楼阁之上，登高望远，寄托相思。但词人却说不忍登高临远，缘由是故乡遥远，登得再高，也看不见故乡，只能徒增忧伤，谓之不忍。不忍者，非不能，亦非不愿，只是不堪承受，足见情思深重。

"叹年来踪迹，何事苦淹留"写漂泊之苦。淹留，指滞留他乡不能回家。因何异乡漂泊，有家难回？此一发问，既有身世飘零的悲凉，壮志难酬的苦楚，亦有归心似箭的期盼，独自徘徊的无奈。千般感受，万斛心事，都在此一问之中。

当我们想家的时候，出现在脑海的无非是某个具体的物象，抑或童年的一截玩乐场景，抑或父母的一句亲切唠叨，抑或村头的一株婆娑老树，抑或地里的一片碧绿农田，抑或院落里那座古朴的老宅。更多的，则是对故园、故土亲人的怀想。在这首词中，词人的相思对象是闺中的佳人，日兮夜兮盼郎归来的伊人。

词人在想象中模拟着佳人盼归的场景：佳人每天必做的事，就是极目天际，"妆楼颙望"。

形单影只的佳人，每天呆呆地伫立在楼头，凝望着江面上来来往往的船舶，一次次地猜想和期盼，期冀着每一只映入视线的舟船上面，坐着千里迢迢归来的郎君。为此，她望眼欲穿，看花了双眼，多次误把路过的船只，当成郎君的归舟。一个"误"字，写出佳人伫盼之心切，以至于常常产生幻觉的日常。

佳人妆楼颙望，乃是远行旅人的想象。为什么会有这样的想象，大概缘于旅人此刻"正恁凝愁"。在他看来，想念是相互的、灵犀相通的，此时此刻的佳人，一定感受到了他的念想，并和他遥遥相望，就像那句人人熟知的"换我心，为你心，始知相忆深"所讲的那样。因为牵挂，所以他设身处地为佳人担心着，心痛着，惟愿以此能缓解佳人的愁绪。

柳永的词作中亦颇多这样的想象，譬如著名的《雨霖铃·寒蝉凄切》，被后人赞为古今俊句的"今宵酒醒何处，杨柳岸，晓风残月"一句，即是想象离人分别后凄凉的状况。

对于创作者来说，词中的抒情主人公有词人的影子，但并不一定就是词人。柳永是福建崇安（现属武夷山市）人，十八岁离家，至七十岁辞世，史料并没有柳永重回故乡的记载，或许可以推断，故乡并没有"佳人妆楼颙望"。

　　不过，词人把相思之情写得这样情真意切、痛断肝肠，离不开深刻的生活体验。柳永一生潦倒，长年漂泊，无以为家，有相知相好的情人，却无法长相厮守，如此，大概正是柳永"归思难收"的心头之痛。

　　相思，是一个人的兵荒马乱。回忆，是一个人的孤独狂欢。

一片春愁待酒浇。江上舟摇，楼上帘招。秋娘渡与泰娘桥，风又飘飘，雨又萧萧。

何日归家洗客袍？银字笙调，心字香烧。流光容易把人抛，红了樱桃，绿了芭蕉。

——[宋]蒋捷《一剪梅·舟过吴江》

蒋捷

从樱桃进士到竹山先生

　　他生于宜兴蒋家，这个蒋家，乃是苏轼笔下"东南无二蒋，尽是九侯家"的江南望族。本是鲜衣怒马的贵族公子，按照寻常的人生轨迹，不外乎少小聪敏，饱读诗书，然后通过科举考试，风风光光进入仕途。再然后，安安分分为官、做事，勤勤恳恳替君王分忧，康国济民。暮年之后告老还乡，篱栽些菊，园种些蔬。秋天望月，冬天煮雪，坐在和煦的阳光下，诗酒书茶。以他文人之性情，大抵如此。

　　可是，命运常常不按常理出牌。宋度宗咸淳十年（公元1274年），他搭上了南宋科举考试最后一趟末班车，题名金榜，折桂甲戌科进士，直达人生高光时刻，春风得意马蹄疾。不幸的是，未及授官，他要报效的朝廷已名存实亡。公元1276年春，蒙古大军迫近临安城，南宋士大夫如丧家之犬，纷纷作鸟兽散，南宋王朝在蒙军铁蹄下化为齑粉。

　　覆巢之下焉有完卵。而立之年的他，遂成为逃难流民中的一员，饱经风霜，流离失所。

　　这个经历人生大起大落，时运乖蹇的书生才子，就是南宋词人蒋捷。

　　国破家亡，兵荒马乱，为躲避战火，被裹挟在流亡人群里的蒋捷，不得不乘船在江上漂泊，备受离乱折磨、背井离乡的煎熬。

　　舟过吴江县（今为吴江市）时，由于倦鸟思归，心声耿切，他提笔写下这首著名的思归曲《一剪梅·舟过吴江》。

人对故土的眷恋和牵挂，几乎是一种本能。当世事不尽人意的时候，漂泊在外的异乡客，总会把心和最后一点安全感落在千里之外的家园。

江南春早，樱杏桃梨次第开放。吴淞江两岸草长莺飞，春光无限，可是满眼春色却没有给落难的词人带来些许好心情，他的内心无比悲怆，浸淫在一片无垠的春愁里。

何以解愁，待有酒浇。"一片春愁待酒浇"，这个"浇"字，先声夺人，突出愁绪之连绵，之浓重，郁郁累累，欲罢不能。此种状态，急需借助一壶老酒浇个猛烈浇个透彻，让自己彻彻底底燃烧和释放，才能得以抒解。

首句直扑主题，一大片春愁势如惊涛骇浪，劈面而来。

按照常人思维，接下来理应酣畅淋漓，抒情表意。蒋捷却不这样。他轻轻巧巧地宕开一笔，以极简极淡的白描手法，勾勒出船舶在平静的江面上缓缓行进时的状态：

客船在江上飘飘摇摇，两岸繁华的酒楼在眼前不时晃过，楼上红红火火的酒帘子在眼前不时摇过，商家的叫卖声、招徕客人的招呼声，热热闹闹在耳畔不时飘过。一个"摇"字，词人内心无着、动荡不安的漂泊感暴露无遗。一个"招"字，和首句"一片春愁待酒浇"相互照应，再次映射出词人思乡怀亲、归心似箭

的迫切心理。

人间烟火色，最抚凡人心。这些象征人间烟火的意象，就这样流动着迤逦而过，对于饥寒交迫的词人来讲，内心凄凉难言、隐忍不发，可想而知。因而，下面鱼贯而出："秋娘渡与泰娘桥，风又飘飘，雨又萧萧。"词人用"秋娘渡与泰娘桥"两个地名入笔，为愁绪之凄清悲凉烘托气氛。

秋娘渡，即吴淞江渡口。秋娘渡与泰娘桥均是用唐代歌伎的名字命名的，船行此处，念及其名，不能不让人触景生情，浮想翩翩，让词人渴望尽快归家和闺中人早早团聚的心情愈加急迫。可偏偏遭遇恼人的天气，风又飘飘，雨又萧萧。风吹雨急，冷雨扑面，两个"又"字的连用，声律铿锵，朗朗上口，既烘托气氛，又透视出词人被急雨浇个冷透的当下心境。

凄风苦雨，举目无亲，这次第，让无所依傍的他如何不想家。想起家的舒适，想起家的安逸，那份陪伴和温暖："何日归家洗客袍？银字笙调，心字香烧。"

"何日归家"，词以提问语气开笔，语得分明，直击内里。紧接着词人又匠心独运，展示了归家后的温情画面：洗客袍、调笙和熏香。"客袍"是羁游在外的游子身上穿的衣服，"洗客袍"意味着结束了困窘劳顿的流亡生活。在闺中人的贴心照拂下，词人舒舒服服洗了个澡，换上干净清爽的家居服，酒足饭饱，夫妇俩在香炉里燃起心字形的熏香，一起调弄着镶有银字的笙管，琴瑟在御，莫不静好，这是一幅特别温馨的画面。古代官宦之家常用熏香熏染住室，有怡神养身之功效。于幽幽笙箫、袅袅熏香里，一家人幸幸福福地厮守着人在家在的舒适和温情。

"银字笙调"取自白居易"高调管色吹银字"的诗句。"银字笙调，心字香烧"，词人将笙管、熏香配之装饰性的词语，为他心心念念的家庭生活增添了几分清雅高洁、快乐满足之韵味，与当下风雨飘摇之境形成强烈对比。

一朝繁华灰飞烟灭，幸福和美的故园生活也只在幻梦之中，让词人情不能禁触发感叹："流光容易把人抛。"继而，他笔锋斗转，用樱桃和芭蕉两种南方常见的植物随着季节更替发生的颜色变化，与"流光容易把人抛"两两呼应，将时光不居用自然界中的事物变化得以表现出来，用看得见的意象描摹看不见的流年飞逝。

樱桃经历开花结果，成熟后颜色渐然深红。芭蕉历经春夏，由浅绿变为深绿。时光如梭，一晃而过，不能不让人生发岁月恍惚、人生易老的强烈感慨。

蒋捷这位词人，虽不像苏轼、辛弃疾、陆游那样人人尽知，但他的这句"流光容易把人抛，红了樱桃，绿了芭蕉"却脍炙人口，成为千古传诵的名句。他也因之获取"樱桃进士"的雅号。

　　在蒋捷江湖漂泊的生涯中，浓浓的思乡情结成了他心灵的依托与精神慰藉。这样的依托和慰藉支撑着他，成为他的生活方式。他浓墨饱蘸，将山河易色、无处容身的愁苦，化作一曲曲沉重而悠远的乡思曲调。譬如《一剪梅·舟过吴江》，还有《行香子·舟宿兰湾》等词：

　　红了樱桃，绿了芭蕉。送春归、客尚蓬飘。昨宵谷水，今夜兰皋。奈云溶溶，风淡淡，雨潇潇。

　　银字笙调，心字香烧。料芳悰、乍整还凋。待将春恨，都付春潮。过窈娘堤，秋娘渡，泰娘桥。

　　　　　　　　　　　　　　　　　——蒋捷《行香子·舟宿兰湾》

　　归家无望、漂泊流离的孤客，内心对恬适安稳的家居生活，一定有着超乎寻常的期许。所以，不难理解，《行香子·舟宿兰湾》这首词中会再次出现"银字笙调，心字香烧"的词句。词的开端，蒋捷第二次用到"红了樱桃，绿了芭蕉"的意象，足见他对樱桃、芭蕉这两种植物的情有独钟，"樱桃进士"可谓实至名归。

　　红樱桃和绿芭蕉，色彩鲜明，对比强烈，极富视觉感染力。"红了樱桃，绿了芭蕉"更是营造了诗情画意的隽永之美，以至于受到后世众多画家的青睐，他们格外偏爱樱桃和芭蕉的画面布局，将其作为珍贵的素材进行再创作。近代美术家朱宣咸由《一剪梅·舟过吴江》一词获得灵感，创作出富有诗词意境的中国画《红樱桃映绿芭蕉》，蜚声中外。

入元后，蒋捷流寓在江浙一带将近二十年，其间，因为他"樱桃进士"的学问和名气，受到元朝朝堂大臣的举荐，邀请他出仕为官。但他恪守蒋氏一门忠勇的家风，固守清贫，隐居不仕，选择做一名私塾先生，清心寡欲，专心教书。

公元 1296 年，五十一岁的蒋捷回到家乡宜兴，仍坚持不为元人效力。为躲避不必要的麻烦，他将家搬到武进的竹山上，寓居在一处破落的寺院内，相士占卜聊以生计。

一个夜雨淅沥的晚上，蒋捷站在寺庙的僧庐下听雨，感慨于自己一生的孤苦飘零、酸辛无奈，挥毫泼墨，留下这首千古绝唱：

少年听雨歌楼上，红烛昏罗帐。壮年听雨客舟中，江阔云低，断雁叫西风。

而今听雨僧庐下，鬓已星星也。悲欢离合总无情。一任阶前，点滴到天明。

——蒋捷《虞美人·听雨》

在这首词里，蒋捷用少年、壮年、暮年三个时期不同的听雨

状态，形象地勾勒出三种不同的心境。从裘马轻狂的少年公子，到贫困交加的异乡孤客，再到鬓发苍苍的亡国遗民，人生至此，再无意外，也再无悲欢。蒋捷坦然接受了命运这般，是悲凉，也是一种豁达。

这首《虞美人·听雨》，下笔立意，十分巧妙。看似平静清宁，实则意蕴深婉，字里行间无不蛰伏着无尽的哀怨与苦楚，这就是蒋捷独有的婉约词风。

大约在公元 1305 年，蒋捷以布衣相士的身份孤独终老，卒年六十岁，时称"竹山先生"。竹山，像竹子、像磐石那样刚正不屈、坚韧高洁。

蒋捷生活在宋元交替之际，且未曾获得任何官职，所以关于他的生平语焉不详，而且正史中没有留下任何印记，只是一些同时代的文献笔记中有着只鳞片爪的记载。

同为由宋入元的遗民词人，蒋捷与周密、张炎、王沂孙并称"宋末四大家"。四个人都曾流寓在江浙一带几十年，从他们留下的诗词来看，周密、张炎和王沂孙三人往来较密，彼此之间诗来词往，乐此不疲。唯有蒋捷，留下的词作中未曾有唱酬之作，这也是蒋捷生平资料匮乏的另一个重要原因。

老子平生，辛勤几年，始有此庐。也学那陶潜，篱栽些菊，依他杜甫，园种些蔬。除了雕梁，肯容紫燕，谁管门前长者车。怪近日，把一庭明月，却借伊渠。

　　鬓边白发纷如。又何苦招宾约客欤。但夏榻宵眠，面风欹枕，冬檐昼短，背日观书。若有人寻，只教憧道，这屋主人今自居。休羡彼，有摇金宝辔，织翠华裾。

——蒋捷《沁园春·为老人书南堂壁》

　　在他晚年所书的这首《沁园春》词中，也可以一窥端倪。这样的生活状态，颇像有些现代人奉行的活法："旧人不知我近况，新人不知我过往。近况不该旧人知，过往不与新人讲。"数年江湖漂泊、闲云野鹤的生活，让蒋捷逐渐修炼成为一个生性淡泊、不擅招宾约客、不攀富贵荣华、悲喜自渡、孤独自居的清客。

　　漫画家几米曾在《星空》里诉说："我常常会一个人，走很长的路，在起风的时候觉得自己像一片落叶。"每个人心里都有一团火，但路过的人只看到烟。很多时候，生活中的困顿远远超过我们的想象，每个人经历的苦难，不能一一尽述。

　　既然没有净土，不如静心。既然没有所待，不如随遇而安。

　　当生活不再有惊喜和感动的时候，孤独就成为最大的自由。

枯藤老树昏鸦，

小桥流水人家，

古道西风瘦马。

夕阳西下，

断肠人在天涯。

——〔元〕马致远《天净沙·秋思》

当

致远

前路是一眼望不到尽头的孤岛

这是个薄阴的暮秋天气。已是黄昏时分，"鸡栖于埘，日之夕矣，羊牛下来"。鸡回窝了，太阳下山了，牛羊都回圈了。可是，诗人还漂泊在异乡的路上，归宿无着。

暮色越来越重。小桥流水之畔，家家户户炊烟升起，锄禾的、挑担的、采摘的农人，踩踏着斑驳凌乱的脚步，匆匆忙忙地赶回那个叫"家"的地方。

空寂的古道之上，只有一个人的马蹄声，瘦骨嶙峋的驽马，驮着同样瘦骨嶙峋的诗人，这个浪迹天涯的游子，孤独而落寞地走在瑟瑟秋风中。

酒困路长惟欲睡，马似乎也困乏了，走得这么疲倦，和它的主人一样无精打采。

这个清秋时节，青藤枯老，黄叶凋零。一株株被枯藤缠绕着的老树上，栖落着几只乌鸦，在傍晚的静寂中，它们也一样瑟缩着身子，不时发出喑哑、恐惧的啼叫，为僻静的村野笼罩上一份荒凉之意。

这深秋的萧瑟肃杀，似一把出鞘的利刃，斩杀诗人心里所有的温软，柔肠寸断，片甲不留。

枯藤。老树。昏鸦。这条路貌似诗人已走了很久很久，却依然看不到尽头，亦不知走到哪里才是尽头。人言落日是天涯，他的前路，征途漫漫，是乡音难辨的他乡，是看不到尽头的远方。

风一地地吹，迷离了他的双眼，望极天涯，看不见熟悉的屋檐，看不见久别的亲人，看不见日思夜想的家。这就是马致远在小令《天净沙·秋思》里为我们展示的凄凉境况。

马致远，字千里，号东篱，元大都（今北京）人，元代戏曲作家、散曲家、散文家，他与关汉卿、郑光祖、白朴并称为"元曲四大家"，有《汉宫秋》《青衫泪》等优秀的杂剧作品，被后人誉为"万花丛中马神仙"，"曲状元"，姓名香贯满梨园。

被冠以这么多头衔，又有实力作品撑足门面，且有"曲状元"的浩大声望，想来该是扬名立万，风光无限。

可现实生活中，他只是个落魄的文人，没有神仙日子可过。

"气概自来诗酒客，风流平昔富豪家。"马致远出生在一个家境优渥的富商家庭，长辈对他寄予很高的期望，小马致远也非常懂事和争气，自幼苦读诗书，勤学六艺。优秀的基因加之后天的努力，让他成长为一个学富五车、才艺双修的全才文人。"学成文武艺，货与帝王家"，他像古代众多传统读书人那样，渴望求取功名，封侯拜相，实现自己的人生价值。

奈何命运不济。元初，科考制度被取消，士子只能走引荐之路。因为他是汉人，当时的元朝统治者虽有"推行汉法"的想法，但对汉人还是不信任。

满腹经纶却报效无路，郁郁不得志的马致远，徒然在人海飘

蓬二十余载，无人问津。琴艺娴熟，精通乐理的他，无奈将兴趣转移到戏曲方面。此间，他创作了大量流传后世的散曲和杂居作品，以醉酒、音乐，来寄托失落的情感与抱负。

但他终究未放下年轻时的梦想，也并没有放弃努力。"且念鲰生自年幼，写诗曾献上龙楼。"他曾献诗元世祖忽必烈，祈求得以举荐。在科考缺位的时代，举荐是进入仕途的唯一出路。

虽然结局不那么尽如人意，但毕竟进入了仕途。几经周折后，五十岁的他，被引荐为江浙省务提举，有了一个小县令的职位。

任职期间，他也曾恪尽职守，勤恳做官，造福于民。可是，骨子里的文人清高，让他不能够融入官场的蝇营狗苟、尔虞我诈，马致远开始厌倦官场——这座他年轻时迫切希望跻身的"围城"。

晚年后，他自号"东篱"，追慕陶渊明"采菊东篱下，悠然见南山"的隐士生活，选择离开痴迷半生的仕途，独自栖居在西湖旁的西村，了却残生。

纵观他的一生，就像他的字和号表说的意义一样，行在"千里"，退隐"东篱"，政治失意，一生漂泊。

这首被誉为"秋思之祖"的《天净沙·秋思》，就写在流浪无定的羁旅途中。其悲其凉，显而易见。

《天净沙·秋思》展示了一幅游子深秋远行图，短短二十八字，景景见情。诗人取"枯藤""古道""昏鸦"等十个带着强烈悲秋色彩的意象来造景，虽然不至于说是拾人牙慧，也都是诗人们惯用的意境。

古道，白乐天《赋得古原草送别》中有大家熟悉的"远芳侵古道，晴翠接荒城"一句。宋人张炎《壶中天》一词中也有"老柳官河，斜阳古道，风定波犹直"的句子。在这两首诗词里，"古道"除了道路一说，似乎没有特别的含义。但在马致远的笔下，经过凄惨悲苦的"西风""瘦马"的强化、渲染，便有了"茅舍映荻花，落日映残霞"的效果，风味别出。

这支小令似从荒古走来，撼动无数天涯倦客的悲凉心怀，情不能已。

昏鸦在中国文学史上一直代表着一种哀绝声色。李白有"秋风清，秋月明，落叶聚还散，寒鸦栖复惊"的句子，借秋月、落叶、惊醒的寒鸦等凄苦之象，来烘托诗人内心的哀境。纳兰容若的"昏鸦尽，小立恨因谁？急雪乍翻香阁絮，轻风吹到胆瓶梅，心字已成灰"又是一番相思惹下的狼藉。在秋风这只无情的手掌下，一切都是惆怅，都是孤苦，有着分外凄怆的底色。所以《秋思》这首曲子里的昏鸦，抑或和诗人一样，拣尽寒枝不肯栖；抑或隐在枝梢中等待晚归的同伴；抑或就是"栖复惊"的那只。其实，不管是哪一只，于诗人来说又有什么关系呢？这凄清之音，听了更是一种痛，一种怕，走吧走吧，听不见也罢。于是，瘦马驮着瘦

弱的诗人，在苍茫的暮色中，继续向前挪动着疲倦的脚步。

路转溪头忽见，小桥流水人家。这一瞥，一定让诗人眼前一亮，那浑浊的眼神里，该有一刹那的清澈如水，溢出满满的温情和向往，流水映澈他的眼。可是，只是霎时功夫，他的眼神，连着他的僵硬的身子，黯然别过。

愁思愈来愈浓，浓得化不开，一句慨然长叹，自他的胸口冲荡而出：夕阳西下，断肠人在天涯。

小桥流水很美，却抵不过心中无垠的苍凉。小桥流水人家，那样的幸福美满，不是他的家。家，很近，揣在胸口时刻召唤着他。他的前路，是望不到尽头的孤岛，待他一步步用脚步去丈量。

小令名为"秋思"，不见一个"秋"字，却极尽深秋的肃杀萧瑟；不着一"思"字，却将漂泊天涯的游子浓重的孤独与忧思淋漓尽致地抛洒。所谓"不著一字,尽得风流"，如是焉。

纵观"黄昏"二字，在浩瀚的文化长河中，已不单单指自然风光，和表示一段时间的词素，而是带着一种凛冽的质地，以"情人的相思怨别、游子的思亲望乡、文人的迟暮之叹"三种情感方式，在我国古典诗词中频频出镜。

唐代诗人崔颢的《黄鹤楼》中有"晴川历历汉阳树，芳草萋萋鹦鹉洲。日暮乡关何处是？烟波江上使人愁"。同样一个惨淡的黄昏，阳光照耀下的汉阳树木一排排清晰可见。鹦鹉洲上芳草摇曳，草裙起舞。日薄西山，天色已晚，斜阳之下，诗人崔颢眺望远方，却不知故乡何处，眼前一片雾霭笼罩在辽阔的江面上，戚戚还复凄凄。

另有"过尽千帆皆不是，斜晖脉脉水悠悠。"诉说相思几许；"哭损双眸断尽肠，怕黄昏后到昏黄。"哭别恨几度。更有李清照千古名句"东篱把酒黄昏后，有暗香盈袖。莫道不消魂，帘卷西风，人比黄花瘦"状离愁难出其右。

朱光潜先生由此而总结："情绪的性质一部分由人的素质决定，另一部分由产生这种情绪的环境决定。"

日暮天涯，独在异乡为异客，他这个断肠人，无论情愿不情愿，喜欢不喜欢，心系江湖，身不由己，浪迹天涯的孤行苦旅依旧在继续。

著名学者钱钟书曾有这样的论述："诗歌里有两种写法：一是天涯虽远，而想望中的人更远；二是想望中的人物虽近，却比天涯还远。"

《天净沙·秋思》属于第一种写法。诗人写空间距离之远，相比乡思之苦来说，漂泊之苦已是其次，可透过字里行间，我们得以触摸，感同身受。

生于忧患，死于安乐，穷途末路出诗人，这话具有一定的道理。安享于富贵荣华，难能有深刻的生活体验。没有卑微的人生，

只能是为赋新词强说愁，谈何深刻的痛苦，来打动人心。

饱学之士，生不逢时，壮志难酬。失意、痛苦、悲凉、孤独，无人理解，无处诉说，只能用枯秃的诗笔，借飞扬的文采，一诉衷肠。

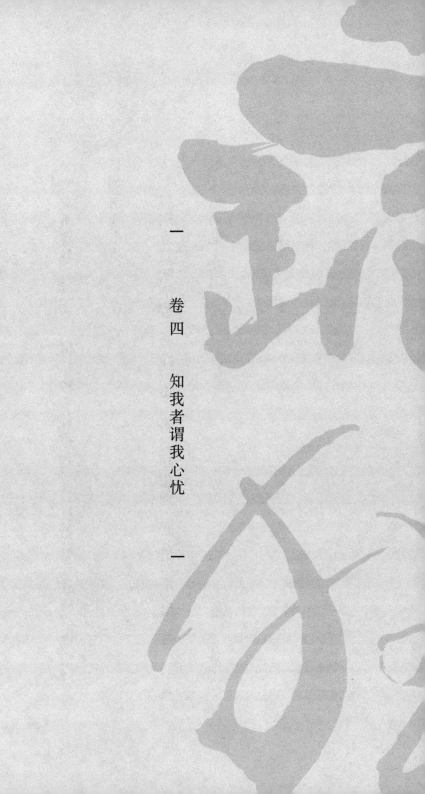

一

卷四　知我者谓我心忧

一

莫听穿林打叶声。何妨吟啸且徐行。竹杖芒鞋轻胜马，谁怕？一

蓑烟雨任平生。

料峭春风吹酒醒，微冷，山头斜照却相迎。回首向来萧瑟处，归去，

也无风雨也无晴。

——［宋］苏轼《定风波·莫听穿林打叶声》

苏

轼

苍老天真，是寂寞的难得

如果用一个词来概括苏轼的性情，我想说的是：苍老天真。

苍，苍劲的苍；老，老成持重的老。譬如一壶普洱茶的浓酽，是一杯嫩香碧绿的碧螺春永远品不出来的。

而天真，弥足珍贵，宛若珠玉的叮当叩响，婴孩咿呀学语的一声清亮，有着脆生生的一脉纯真。

这脉天真，造就了苏轼倾荡磊落的赤子之心，以及率性旷达的处事态度。

乌台诗案以后，苏轼被不断地外放，像一朵蒲公英，看似自由，分明身不由己。

湖北黄州，是他被贬的第一站。

初抵黄州的苏轼，先被安置在定惠院暂栖。定惠院是黄州古城城东的一座寺院，这里茂林修竹，梵乐缥缈，古钟悠扬，是个极清静之地。

在这里居住的几个月里，苏轼大多闭门不出，以看书、诵读佛经聊以遣日。

即便乐观豁达的他，也是常人，有着常人的喜怒哀乐，孤独寂寞，在所难免。

这首作于定慧院的《卜算子·黄州定慧院寓居作》，可以看作苏轼当时心境的真实再现：

缺月挂疏桐，漏断人初静。时见幽人独往来，缥缈孤鸿影。

惊起却回头，有恨无人省。拣尽寒枝不肯栖，寂寞沙洲冷。

——苏轼《卜算子·黄州定慧院寓居作》

一只孤单飞过天穹的大雁，心怀幽怨，却无人能理解它的痛苦。在每一个夜深人寂、月挂疏桐的晚上，惊魂不定的它，拣尽寒枝，不肯栖息，形单影只地徘徊在凄冷的沙洲之上。

词人将寂寞荒冷，寄予缺月、疏桐、幽人、孤鸿、寒枝诸意象之上，表达自己孤高自许、思绪缥缈的心境。

这只茕茕孑立的孤鸿，何不是被迫离开朝堂，独自栖居在黄州，有无限委屈却无处倾诉的苏轼自己？

诗人吟咏的是孤鸿，也是无尽的孤独。

从一位享誉当朝的名士，一位有所作为的士大夫，不明不白地，因为几首随性而赋的小诗，蒙受牢狱之灾，还差点丢了性命，再怎样乐观豁达的人，也不是马上就能想得云开见日头。

很多时候，所谓的云淡风轻，只是给心情的一种时时暗示和提醒。天晴日照，云开雨散，谁说不需要一个过程？

所以，他的心是苦的，翻江倒海的苦。

然而，被孤独、凄苦侵扰的苏轼，并没有失落怨艾，苟且蹉跎，浪费才华，浪费生命。他看书、写诗、做文章，以清静无为、

超然物外的佛老思想排遣心绪，释然自我。

四个月后，搬至临皋亭居住的苏轼，已经呈现出不一样的精神气象。

临皋亭原本一处驿亭，是北宋政府为走水路的官员，途经此地暂栖时安置的一个场馆。

黄州不过长江边上一个荒僻的小城，临皋亭不过过路官员的临时住所，可想而知，条件设备的简陋，也只是能落个脚罢了。

苏轼就是苏轼，此诗人非彼诗人，不嫌弃，不牢骚，不为赋新词强说愁，而是另觅洞天，发现另一番美好，并且为之乐陶陶。

他在给一个朋友的书信中这样来描绘临皋亭：

寓居去江无十步，风涛烟雨，晓夕百变。江南诸山在几席，此幸未始有也。

我住的地方出门走五十步，就是浩瀚的长江水。我每天面朝江涛，观云来雨去，烟水苍茫，每天景色都不一样。

江南的诸山，和我比邻而居，和我一起静待日升月落。这样的幸福生活，从来没有过。

美啊，幸福啊，羡慕吧，向往吧。这座天然景观房，让苏轼这位乐天派情有独钟，提笔成诗。不作秀，不弄玄虚，举目直见，语出自然。

当功名利禄都做土，江上清风、山间明月自入席。

在朋友的帮助下，临皋亭一边，东坡拥有了一间自己的小小"书房"。石桌、石凳、石椅，小而简陋，但不影响东坡美美享用，更不耽误他作诗文显摆：

东坡居士酒醉饭饱，倚于几上，白云左缭，清江右洄，重门洞开，林峦岔入。当是时，若有思而无所思，以受万物之备。惭愧！惭愧！

——苏轼《书临皋亭》

酒足饭饱、醉意朦胧的他，坐在石凳上，倚靠着石桌，拥右边青江迂回，揽左边白云缭绕。在遐想和遥望中，山门重重打开，山林次第推进，恍然间，他就那样走了神，仿若一个撑船的弄潮儿，中流击水，浪遏飞舟。

他为自己能这么惬意、这么轻易地享受大自然的惠泽，感到太舒服，太惭愧了。

写得美，想得美，还一而再再而三地点墨抒怀，充分证实他的惬意满足不是一时新鲜，而是深入骨髓。

深入骨髓的不仅是苏轼取之不尽的诗情画意，还有他用之不

竭的从容达观。

其实，东坡在黄州的实际生活状况是，贫困交加。

团练副使本是个虚职，专门用来安置被贬的官员，不可以参与政事，不得擅自离开境内，俸禄极其低微。苏轼一度困顿得捉襟见肘，有着月光族的窘迫，时不时得靠朋友救济。

好在，他的朋友马梦得，想方设法给他筹办了几十亩荒地，为他解了燃眉之急。

在雪上加霜的日子里，有好朋友雪中送炭，焉不是世间最美好的事情。

一介书生，脱去长袍，摘去方巾，一身农夫的打扮的苏轼，带领妻儿，躬耕陇亩。

书生垦荒，何况这么一位才名显赫的书生，曾经天纬地做大事，仁宗皇帝心心念念为后世子孙物色的太平宰相人选，每天在荒僻的野地，挥汗如雨，插秧耕种，此情此景想着都令人心酸。

苏轼不这样认为。

抬头作诗，低头做活。学问做得风生水起，做官做得政绩斐然，做农夫，他同样做得有模有样。

这块荒地的位置，在黄州城东旧营地的东面的半坡上，苏轼给这块地命名"东坡"，从此以后，东坡居士，天下皆知。

不贪富贵，但求适情。在山坡上，他设计并建造了三间简陋的房舍，来解决一大家人的住房问题。房子的西边有山泉，向南不远是临皋亭。择水而居，这样的地理位置他非常满意。

这座房舍竣工于一场春雪之中，感谢这场雪的造访，给他带来灵感，他信笔在新居四面墙壁上绘制了一幅幅雪景图，美其名曰"东坡雪堂"。

雪堂里，他和友人把酒言欢，和诗咏唱：

去年东坡拾瓦砾，自种黄桑三百尺。

今年刈草盖雪堂，日炙风吹面如墨。

——苏轼《次韵孔毅父久旱已而甚雨三首·其一》

劳有所获，心中欢喜。即便白面书生黑如墨，农夫本色，又如何？

以农夫自居，以农夫的过活为乐，唯一与农夫不同的是，这个东坡，还笔耕不辍，每每把自己的生活日常，兴趣盎然地挥洒于诗词文章：

某现在东坡种稻，劳苦之中亦自有其乐。有屋五间，果菜十数畦，桑百余本。身耕妻蚕，聊以卒岁也。

在这样的诗文里，一个不以劳苦为苦，怡然自得、自诩土豪的东坡，一脸傲娇地和我们道家常。

黄州这个地方猪肉极贱，因为富贵人家不屑吃，穷困人家不识煮。东坡不以为意，自己动手，亲自烹饪。少水，慢火，肥而不腻，酥香味美，让极贱的黄州猪肉，走上百姓的餐桌，"东坡肉"成为名闻天下的一道美食。

身居陋室，不以为陋，柔软的内心、灵性的双眼触探到的都是生活中不可名状的旨趣。

寻常的小日子，东坡用自己的精气神，以不竭的用心和热情，烹煮最美的人生况味。

天下之大，拥有这等情怀这等闲情的人，除了苏子，难有其二。

《定风波·莫听穿林打叶声》一词，恰如其分地表明了东坡对待坎坷人生的态度。

元丰五年（公元1082年）三月，东坡和几个朋友相邀去黄州城外的沙湖游玩。江南早春的天气，素来阴晴无常。出门时，东坡特意嘱咐小家僮带上雨具，以备不时之需。

上路后风和日丽，一片澄明，没有一丝雨来的预兆，朋友们调侃东坡，这雨具准备得有点早。

小家僮贪玩，一会儿跑去看河里游泳的鱼，一会儿跳着去捉田里蹿出的兔子，跑着跑着就看不到踪影了。

东坡与友人一路谈笑，一路看景，不知不觉落在了后面。不料，老天和他们开起了玩笑，突然间，彤云密布，大雨点噼里啪啦地落下来，竹林里，岩石上，雨雾茫茫。刚才还一起谈笑风生的几个，顷刻间作鸟兽散，惊叫着、奔跑着找地方避雨去了。

唯有东坡，不管不顾。手持竹杖、脚蹬芒鞋的他，一面大声吟啸，表达着内心的畅快，一面在一帘烟雨中大步流星，阔步前行。

雨幕里的沙湖，如一幅水墨画，静静的水墨画，因了声声吟啸，别有一番诗情画意。

下午时分，一行人酒足饭饱，踏上归程。是时，忽然雨散云收，一道斜阳穿透层云，浑圆的光晕，映照着沙湖周围大大小小的山头。一行人回望来时风雨萧瑟处，早已是晴空如许，晚霞满天。

此情此景，让词人感慨万千，于是，一首《定风波·莫听穿林打叶声》直抒胸臆，挥斥方遒。

这个在雨中吟啸的老头儿，比"悠然见南山"的陶渊明感性，比"独钓寒江雪"的柳宗元亲切，更接地气，自在轻松。

你不能不惊叹，"谁怕？一蓑烟雨任平生"这表情中的坚毅、任性，还有那么一丝顽劣；你不能不欣赏，"微冷，山头斜照却相迎"这些字眼迸发的自然性情，凛然之态；你不能不佩服，"归去，也无风雨也无晴"展示的磊落光明，豁达从容。

在一蓑风雨中，东坡练就了不以风雨为忧、不以无风无雨为

喜的平常心。

在他心目中，自然界的风雨以及生活的种种磨难，无论怎样躲闪，都无可避免地要与它们相遇，坦然接受现实，某一刻，它们终将会成为过去。

人生其实是难的，因为它给我们太多的痛苦、失望和挫折。疲惫的心，历尽磨难的心，如果不能超然物外，就必然要被外物所奴役。

所以，当命运不公的时候，要像东坡一样，学会与自己行处，将孤独活成诗行，自我纾解，自我超脱。否则，只会损耗自身心力。

心放松，人生就是一朵自在云。看开看淡，窘迫的人生，照样可以有滋有味，精彩纷呈。

独行独坐。独倡独酬还独卧。伫立伤神。无奈轻寒著摸人。

此情谁见。泪洗残妆无一半。愁病相仍。剔尽寒灯梦不成。

——[宋]朱淑真《减字木兰花·春怨》

朱

淑真

断肠人的断肠词

　　某一日，偶尔看到现代诗人翟永明的组诗《登陆及其他》里的几句，非常喜欢，一读再读，恍然读出了这两朵花的知得、会心一笑和两两相望的骄傲，心下十分欢喜：

唯我独知、独笑、独骄傲
想你在远方
独行、独坐，还独卧
一个独字
开出了两朵花

　　后来，又读到朱淑真的《减字木兰花·春怨》，才知这"独"字句由来已久。
　　其实，再往前追溯的话，《卫风·考槃》早有其滥觞。

考槃在涧，硕人之宽。独寐寤言，永矢弗谖。
考槃在阿，硕人之薖。独寐寤歌，永矢弗过。
考槃在陆，硕人之轴。独寐寤宿，永矢弗告。

——《诗经·卫风·考槃》

　　《考槃》歌咏的是一位在山间水湄结庐独居者的隐逸之趣，重墨勾画隐士之"独"——"独寐寤言""独寐寤歌""独寐寤宿"，说的是他独个儿沉溺山林，独个儿自我放逐，独个儿自说自唱，独个儿睡去复醒，闲情安适，自得其乐。因而，《考槃》中的主人公被尊为华夏隐士第一人。

诗词，仿佛是文学中的文学，是用最精练的语言，来表达最丰富的情感。即使有些句子似懂非懂，沉浸在诗词营造的意境里，也是一种享受。诗这种文学体裁，最以形象说话，也最能揭示汉字的精深博大。

譬如这个"独"字，同样运用铺陈或复沓的形式，在翟诗人那里开出的是两朵知音之花，在《卫风·考槃》里推出的是一枚避世隐居之花，而在女词人朱淑真这里，则探出一枝孤寂之花。

《毛诗序》中说："诗者，志之所之也，在心为志，发言为诗，情动于中而形于言，言之不足，故嗟叹之，嗟叹之不足，故咏歌之，咏歌之不足，不知手之舞之足之蹈之也。"可以看出，缘于作者怀抱在心，郁郁累累，由不得幽怨嗟叹，因而情思如注，下笔成诗。

其实，很多时候，诗词就是作者在某一瞬间想要表述的心情故事。譬如，朱淑真这首《减字木兰花·春怨》。

春天是美丽的季节，桃红柳绿，春暖花开，枝头上红红白白含苞待放，娇靥可人。杨柳风中婀娜，袅袅地笼一幕青青薄烟，

燕雀绕树三匝，呢喃着一曲春日欢歌。站在阳光下面看花，风儿融融的暖。

春天也是相思的季节，草长莺飞又一年，燕雀北归，远行的人却不知身在何方春里？望极天涯人不见，不能不心生春愁闺怨，让人沉浸其中挣脱不开。

诗以春怨为题，书写一则发生在春天里的心情故事。

"独行独坐，独唱独酬还独卧"，开篇五个"独"字的连用，有着独到的韵味，词人独个儿走，独个儿坐，独个儿唱酬，独个儿起卧，一个"独"字，贯穿了她生活全部，"独"得让人疼，"独"得让人伤。将词人孤闷难遣以至于坐卧不宁、百无一可的情态展示在读者面前。其笔法与气势，和李清照《声声慢·寻寻觅觅》首句"寻寻觅觅，冷冷清清，凄凄惨惨戚戚"有异曲同工之妙，足见词人炼字奇巧，技法之高妙。

"伫立伤身，无奈轻寒著摸人。"这里的"轻寒"二字，带出早春信息，紧扣"春怨"这个诗题。"著摸"，有招惹、撩拨之意，杨万里《和王司法雨中惠诗》中就有："无那春愁着莫人，风颠雨急更昏昏。"这个早春时节，词人刚刚被一丝和暖裹挟，偏偏又适逢寒食、清明这样阴冷多雨季节，重门深闭，门可罗雀，没有一个人、一句温暖的话儿可以安慰，词人不仅孤独，而且失神伤心，别有一份薄凉和忧伤。

忧伤一层层浮上来，饱和成一腔冷泪，在脸上恣意横流，洗却妆容，让她的面容更加苍白、憔悴，她茕茕孑立，终日郁郁寡欢。

可是，此情谁见，有谁堪怜？这样一个冷寂之夜，锦被清冷，炉香烟灭，被困意缠绕却无法入眠的她，"愁病相仍，剔尽寒灯梦不成"。

固然，没有轻松的心情，怎么会有健康的身体？词人因愁而病，因病添愁，愁苦和痛疾不依不饶，以至于耿耿不寐，寒灯独对，凄然之情溢于笔端。断肠人的断肠词，果真"含思凄婉，能道人意中事"。

晚清文人陈廷焯评价说："朱淑真词，风致之佳，词情之妙，真不亚于易安。宋妇人能文者不少，易安为冠，次则朱淑真，次则魏夫人也。"

朱淑真和李清照的才华"差堪比肩"，并称"词坛双璧"。朱淑真的作品多写个人情感生活，早期风格明快，文辞清婉，后期词多幽怨，流于感伤，被后世人称"红艳诗人"。她的书画造诣也很高，明代著名画家杜琼赞以"女流之杰"。

朱淑真生于仕宦之家，家境优渥，自小受父亲影响，学诗词，弄古筝，十三四岁，已是钱塘有名的诗人。

和大多数青春期女孩一样，豆蔻之年的朱淑真对爱情有着浪漫天真的憧憬，希望能遇到一个志趣相投，可以一起读书品茶，

相携月下花前吟诗唱酬的配偶，执子之手，与子偕老：

> 初合双鬟学画眉，未知心事属他谁。
> 待将满抱中秋月，分付萧郎万首诗。
>
> ——朱淑真《秋日偶成》

在才子林立的南宋朝，这个要求并不高。可惜，自号幽栖居士的朱淑真，空有易安居士的才华，却没有易安居士的幸运，也没有李格非这样开明的父母。

据说，豆蔻年华的她，也曾遇到心仪之人，却因门第不相当，遭到父母强烈反对。后来他们竟不顾及女儿的感受，听凭媒妁之言，草率地把她嫁给一个才学粗浅的小官吏为妻。婚后，朱淑真和丈夫也曾度过一段燕尔新婚的甜蜜日子，丈夫在吴越做官，路途遥远，不常回家，朱淑真常寄书信往来，她手书的一首《圈儿词》曾被传为佳话。那日，收到家书的丈夫发现纸笺上面竟无一字，尽是一排排整整齐齐的圈圈儿，大感不解，左右寻思，方在书脊的夹缝处发现一首蝇头小楷：

> 相思欲寄无从寄，画个圈儿替。话在圈儿外，心在圈儿里。单圈儿是我，双圈儿是你。你心中有我，我心中有你。月缺了会圆，

月圆了会缺。整圆儿是团圆，半圆儿是别离。我密密加圈，你须密密知我意，还有数不尽的相思情，把一路圈儿圈到底。

——朱淑真《圈儿词》

丈夫阅后，心知神会，次日一大早，便雇船前往海宁和爱妻相会。

如若像这样"密密知我意""一路圈儿圈到底"，长相厮守能有多好。可惜，好景终不长，新鲜感过去之后，朱淑真已成明日黄花，这个官场小吏再无耐心和闲情去猜度，去应付妻子的清高小资情怀。一门心思钻营仕途、市侩庸俗的他，开始流连烟花柳巷，狎妓寻欢，并纳了小妾。

他将朱淑真独自留在故里，不管不顾，带着美妾到荆楚等地做官，许多年都不回来。受到冷落的朱淑真，在漫长的日日夜夜里，有家形同无家，有夫如同无夫，美好婚姻无望，夫唱妇随化为泡影。而封建礼教的阻隔，又使得她不能够摆脱桎梏，追求属于自己的幸福，因而给她的身心带来无尽的摧残和伤害。

这阕《减字木兰花·春怨》词，真实地记录了词人所嫁非偶，自己独居深闺，在春来轻寒的日子里，抑郁孤独、起坐难安、无限伤心梦不成的心情故事。

这则心情故事，在抒发词人郁闷心境的同时，字里行间充斥

着其对知音的渴望，对世俗婚姻观念的不满，对自我突破的期待。

土花能白又能红，晚节犹能爱此工。

宁可抱香枝头老，不随黄叶舞秋风。

——朱淑真《黄花》

《黄花》这首诗中，她再次捍卫自己独立的人格，誓不与世俗
礼教同流合污。虽然，和易安关心民瘼、铿锵发声的大气执笔相比，
不过闺阁之情，但亦是一份女子的铮铮傲骨。

下楼来，金钱卜落；问苍天，人在何方？恨王孙，一直去了；
詈冤家，言去难留。

悔当初，吾错失口，有上交，却无下交。

皂白何须问？分开不用刀，从今莫把仇人靠，千种相思一撇销。

——朱淑真《断肠迷》

在一次丈夫醉酒回家，酗酒闹事，并动手殴打她后，朱淑真愤
然留下这首《断肠迷》，毅然决然地离开吃喝嫖赌、权钱至上、薄
情寡义的丈夫，回娘家独居。

终其一生，朱淑真都渴盼着能拥有一份"一个独字，开出了两

朵花"的爱情，和心仪之人两心缱绻，相思有寄，奈何岁月终是负了她。

多愁善感的她，又难能像《考槃》中的硕人那样做个隐士，自得其乐。最终，不惑之年，朱淑真投水自尽，"恓恓抱恨而终"。

白发人送黑发人。朱淑真过世后，她的父母悲伤至极。不算开明的他们，不忍心看女儿留下的诗词，不忍心女儿呕心沥血写成的诗词被世人指指点点，遂点一把火，将爱女的文稿付之一炬，留存下来的百不及一。

幸亏，遇到一个名叫魏仲恭的有心人，他痛其不幸，爱其词品，不遗余力地将朱淑真的残存作品加以搜集和整理，并辑录出版，才使她的《断肠词》《断肠诗集》两部集子得以传世，青史留迹。

得遇这个有心人，地下有知的朱淑真会不会喜极而泣？时隔多年，她的这个"独"字，终于开出了隔空相望的两朵相契之花，不能不说是一种慰藉。

数百年之后，那位冒着大雨，在湖边久久徘徊，为找不到朱淑真之墓而仰天悲叹的李光炘，应该也算一个知音吧。

何谓知音？就是能听懂你心声的人。

前不见古人，后不见来者。

念天地之悠悠，独怆然而涕下！

——［唐］陈子昂《登幽州台歌》

陈

子昂

在古人和来者之间的殉道者

能入李白法眼的文人不多，出四川前，只有两位前辈让他佩服，一位是汉赋第一人司马相如，另一位就是陈子昂。

李白来到这个世上，恍惚间与陈子昂打了个擦肩。李白出生的第二年，陈子昂去世。按照主流的说法，李白出生在西域碎叶城，而陈子昂是梓州人，相隔万里。不过李白不久移居到绵州昌明县，而陈子昂死于梓州射洪县，昌明县和射洪县都属于唐朝剑南道，在现在的四川辖区，相距不到三百里。

李白蒙学时就听说过陈子昂，毕竟陈子昂是蜀中不可多得的人才，他生于射洪，死于射洪，虽然人生的旅途曾辗转千里。

李白真正敬仰陈子昂，应该缘于公元 724 年的峨眉山之行。

这次远行，李白是来向峨眉山告别的，他要到更辽阔的天空翱翔。"仗剑去国，辞亲远游。"峨眉山是蜀中最具代表性的山脉，融合道、释两教的名山，李白想要看它最后一眼。

在峨眉山，李白遇到了怀一和尚：

梁有汤惠休，常从鲍照游。

峨眉史怀一，独映陈公出。

卓绝二道人，结交凤与麟。

——李白《赠僧行融》

诗中的"陈公"即陈子昂。陈子昂年轻时也曾独自游历峨眉山，在山上与怀一和尚一见如故，怀一和尚非常敬佩陈子昂的品行才学，两人遂结为至交。如今怀一见李白器识不凡，便与他讲了许多陈子昂的事迹，并且将陈子昂的诗文拿给李白看。

李白惊讶地发现，他与陈子昂有太多的相似之处。

二人都任侠尚气，会武功，善用剑。李白"十五好剑术""十步杀一人，千里不留行"，陈子昂"宝剑千金买，平生未许人""击剑起叹息，白日忽西沉"。宝剑就像知己，承载着他们的侠客理想。

他们都崇尚道教。李白游峨眉山，意在寻找传说中西周在这里骑羊成仙的葛由，"倘逢骑羊子，携手凌白日"。陈子昂也有"峨眉杳如梦，仙子葛由寻"的诗句，后世将陈子昂、李白与司马承祯、贺知章等一起列入"仙宗十友"。

他们都渴望功名。李白立志"申管晏之谈，谋帝王之术，奋其智能，愿为辅弼，使寰区大定，海县清一"，到处干谒，希望得到推荐，封侯拜相，委以重任。陈子昂"方谒明天子，清宴奉良筹。再取连城璧，三陟平津侯。"同样渴望被人赏识，为朝廷所用，展示治国平天下的才能。当理想碰壁时，他们都表现出飘然出世、隐居问道的消极思想："不然拂衣去，归从海上鸥。宁随当代子，倾侧且沉浮。"

他们都性格率真，不善于也不屑于掩饰自己，因此容易得罪人，因此人生坎坷。他们一个出现在初唐，一个出现在盛唐，在政治上不幸，于文学却是大幸。

当然，若论人生坎坷，陈子昂比李白更凄惨十分。

陈子昂小时候不爱读书，整日和一群富家子弟嬉戏玩乐，游手好闲，典型的纨绔子弟的做派。进入乡校后，某一回，他心血来潮，专注地听了先生的一节励志课，醍醐灌顶，忽然就觉悟了，感叹从前太荒废，时不我待，开始加倍用功。下决心写出惊世文章，光宗耀祖传美名。

二十五岁那年，陈子昂考中了进士。要知道，唐朝科举录取人数很少，尤其进士科，考取不易，素有"三十老明经，五十少进士"的说法，有些人终生为之不懈奋斗，等金榜题名已经两鬓斑白，年过半百。白居易三十一岁登科，得意扬扬地写诗炫耀："慈恩寺下题名处，十七人中最少年。"

天赋高的人终究与众不同。

当时垂帘听政的武则天对陈子昂这位青年才俊青睐有加，授予他麟台正字。麟台即秘书省，正字属文字、档案工作，相当于国家图书馆编校人员。陈子昂秉性耿直，武则天用其所长，又迁左拾遗，属谏官。

不得不承认，武则天有识人之明，谏官工作非常适合陈子昂，他向朝廷提了一大堆建设性意见，如朝廷对外用兵，他却主张休养生息，善待百姓。不过，武则天以强权篡唐，她选人用人不仅仅是有见识、有能力，更要"政治正确"，听话。当然，陈子昂在这方面显然不善为之，或者说不屑为之。他既不会察言观色，也不擅揣摩讲话的艺术，更不精通溜须拍马之策，因此常常得罪武则天的那些亲戚、宠臣。武则天的侄儿武三思对直言敢谏的陈子昂恨之入骨，视为眼中钉，于是，干脆找个借口将这个刺头调遣到边疆从军打仗去了。

陈子昂虽然不是文弱书生，但也不是粗莽武将，塞外苦寒，他的人生从高峰跌入谷底。不过在唐朝，许多诗人都有过建功边塞的经历，戍守边陲，尽忠报国，很多人以此为荣。但是，怀着一腔热血上任的陈子昂遇到的是什么样的将领呢？

他的上峰是建安王武攸宜，也即武则天的侄子，对陈子昂的态度极其不友好。公元696年，契丹反叛朝廷，攻陷营州，武攸宜奉命出征，在武攸宜幕府担任参谋的陈子昂随军出行。由于武攸宜不通军事，轻率而无将略，致使前军陷没，军心涣散，情况十分危急，陈子昂"乞分麾下万人以为前驱"，请求遣万人作前驱以击敌，驰骋沙场，为国立功。但武攸宜不许，傲慢自负的他根本不把陈子昂放在眼里。"素是书生，谢而不纳。"凡是陈子昂提出的建议，一律搁置起来不予理会，陈子昂不死心，继续进

谏，武攸宜恼羞成怒，竟把陈子昂降为军曹。

陈子昂屡受挫折，报国无门，心情极其郁闷。

某一个黄昏，他登上幽州台。幽州是战国燕国的都城，燕昭王思贤若渴，曾筑黄金台招揽人才，著名将领乐毅就是这时候来到燕国。情绪悲愤到极点的陈子昂思古抚今，写下了这首《登幽州台歌》。

诗只有四句，却苍劲奔放，又极富时空沧桑感。人这一生，匆匆来去，终将化为尘土，能为世上留下些什么？充满了诗人对人生的思索。

前不见古人，但古人真实地存在过，后不见来者，但来者终将续写历史。那些创建了功业、改变了历史的英雄在哪里？他站在他们曾经站立过的地方，却不能跟他们相识，这是生命的遗憾，是人生最孤独的体验。

茫茫宇宙，悠悠天地，相知者几人？唯有相惜耳。

其实，深入了解陈子昂，与其说这首诗在感叹个人命运，不如说在感叹时代的浅肤。

陈子昂是官员，是将领，但他对历史卓越的贡献在文学上。

从南朝齐、梁时期起，文坛流行旖旎风，诗歌追求辞藻华丽，对仗工巧，音律精细，内容却苍白无力，人们把这种文风称为"齐梁体"。"齐梁体"一直延续到初唐，王勃等"初唐四杰"虽有改善，但他们的创作依然难以摆脱齐梁余风。

到陈子昂，几乎是他一人扛起了恢复"汉魏风骨"的革新大旗。他在《修竹篇序》中说：

文章道弊，五百年矣。汉魏风骨，晋宋莫传，然而文献有可征者。仆尝暇时观齐、梁间诗，彩丽竞繁，而兴寄都绝，每以永叹。思古人，常恐逶迤颓靡，风雅不作，以耿耿也。一昨于解三处，见明公咏孤桐篇，骨气端翔，音情顿挫，光英朗练，有金石声。遂用洗心饰视，发挥幽郁。不图正始之音、建安风骨，复睹于兹，可使建安作者，相视而笑。

这是他的革新宣言。他强调两个概念，一是"兴寄"，一是"风骨"。"兴寄"即言之有物，针砭时弊；"风骨"即有自己的观点，不谄媚权势，不人云亦云。

然而当时应者寥寥，陈子昂不能不深感孤独和悲愤。

这首《登幽州台歌》，非陈子昂不能写，因为他站在时代的巅峰，承受着飓风侵袭，这种体验，其他人不曾有。

他一个人在战斗。如果革新是历史前进的动力，他就是一位勇敢的殉道者。

那时，他不知道，来者已在路上，不久，盛唐文坛将绽放出

绚丽的焰火，光耀千年。

那时，他不知道，一位叫李白的来者，继承他的衣钵，完成了对诗歌最后的改造，创造了那个时代的辉煌，不负古人，不负来者。

唐代的孟棨在《本事诗·高逸第三》中写道：

白才逸气高，与陈拾遗齐名，先后合德。其论诗云："梁陈以来，艳薄斯极，沈休文又尚以声律，将复古道，非我而谁与！"故陈、李二集律诗殊少。尝言："兴寄深微，五言不如四言，七言又其靡也。况使束于声调俳优哉。"

由此可知，李白有意识地接过陈子昂"复古革新"的旗帜，反对浮艳，倡导古风。他们都很少写律诗，认为律诗过于追求声律，因文害意。

这是他们对于理想的执着，伟大的人总是孤独而执着地行走着。

陈子昂行走的道路到四十一岁戛然而止。公元698年，陈子昂因照顾年迈的父亲解甲归田，回到梓州。不久父丧，他继续待在家里丁忧。天高皇帝远，无职无权、朝中无人的陈子昂成为政敌砧上的鱼肉，在权臣武三思的指使下，被射洪县令以莫须有的罪名关进大牢，冤死狱中。

伟大的灵魂往往以凄凉的方式存在，而这也许正是他们的价值所在。

千山鸟飞绝，万径人踪灭。

孤舟蓑笠翁，独钓寒江雪。

——［唐］柳宗元《江雪》

柳

宗元

风雪寒江上的千万孤独

若论唐朝书写孤独的诗篇，在大多数人的心目中，柳宗元的《江雪》绝对绕不过去。

对于学生来说，柳宗元的名字再熟悉不过，除了《江雪》外，散文笔记《捕蛇者说》，寓言故事《黔之驴》，还有山水游记《小石潭记》，皆耳熟能详，这些都是从小学到中学要求必背的经典篇目。

印象中的柳宗元，诗写得好，文章也作得好，有文学家、哲学家、散文家和思想家等重量级头衔，唐宋八大家之一，唐、宋古文运动的领军人物。

《小石潭记》文质精美，情景交融，给人一种幽深冷寂、孤凄悲凉之感，生动传神的遣词造句，让人如临其境。

记得当年老师曾一遍遍地讲，《小石潭记》抒发了作者贬官失意后的凄苦之情，奈何当时少不更事，对古文的理解仅停留在文字层面。老师分析得头头是道，台下的我一知半解。成年后，当了解到柳宗元命运多舛的一生，知悉他年少成名，入仕后才干卓著，政绩斐然，却遭一贬再贬，一生不得复出，不惑之年即抱憾而终，方知这失意凄苦，不是一般的失意凄苦。

柳宗元生活在中唐顺宗、宪宗年间，祖籍山西河东郡（今山西永济市），柳氏家族乃河东望族，所以后人称他柳河东。因祖上世代为官，家境优渥，生于长安长于长安的柳宗元，无疑是含着金钥匙长大。父亲柳镇性情刚正，母亲卢氏出身名门，秀外慧中，是少年柳宗元的启蒙者。

基于优秀的基因和家学渊源，幼年的他四岁即读书识字，在父母的教导和影响下，他不只学习传统的儒家经典，还对写诗作文表现出浓厚的兴趣。

二十一岁时，腹有诗书的柳宗元即在春闱考试中进士及第。天才少年踌躇满志，春风得意马蹄疾，一日看尽长安花。

可惜世事无常，父亲突然病逝的噩耗，让沉浸在高中喜悦中的举子少年，顷刻从云端跌落人间。父丧丁忧，柳宗元的仕途之旅不得不按下暂停键。

带着失去慈父的巨大悲恸，他携着家人千里迢迢奔赴祖籍服丧。这次千里跋涉，让他近距离体验到书本之外的世情民风，耳闻目睹百姓、兵士之疾苦，对现实社会有了更深刻的认知。

贞元十二年（公元 796 年），服丧期满的柳宗元被朝廷召回长安，先为校书郎，两年后，因在博学鸿词科考试中名列前茅，调任集贤殿书院正字，负责经籍图书的编纂和搜集。

这项工作在别人看来枯燥无味，于他而言，却是鸟投山林，鱼翔深海。他在书院博览群书，学问、见识及能力突飞猛进，为后来在文学方面的厚积薄发积蓄了深厚的能量储备。

其后，他又到蓝田任县尉，基层工作能力亦得到很好的历练。

两年后，回到长安任监察御史里行，进入权力中枢。唐德宗驾崩后，太子李诵登基继位，即唐顺宗。柳宗元因能力出众，思想前瞻，被提拔为礼部员外郎，前途一片光明。

然而，一场政治变革，把正处在人生高光时刻的柳宗元推至风口浪尖。

变革的初衷是好的，但结局却不尽如人意。

晚年的唐德宗，沉溺于奢靡享乐，致使宦官专权、藩镇割据，朝政日益混乱。另外，宫市之弊也给老百姓带来沉重负担，导致社会矛盾愈发尖锐。

宫市是唐德宗时期倡行的一种宫廷采办制度，宦官、宫使凭借其特殊身份，狐假虎威，对百姓大肆压榨盘剥，白居易的长诗《卖炭翁》中，记述的就是宦官仗势欺人、强买木炭的一幕场景：

翩翩两骑来是谁？黄衣使者白衫儿。

手把文书口称敕，回车叱牛牵向北。

一车炭，千余斤，宫使驱将惜不得。

半匹红绡一丈绫，系向牛头充炭直。

为革除积弊，惩办贪官污吏，怀抱中兴大计的唐顺宗遂重用王叔文、王伾、柳宗元、刘禹锡等，大刀阔斧地进行革新改制，史称

"永贞革新"。

　　革新变法之举，必定会激怒既得利益者。又适逢变法主导者王叔文母丧丁忧，宦官集团开始疯狂反扑。而此时的唐顺宗，则因重病在身，被迫禅位给宦官拥立的太子李纯。

　　唐宪宗李纯即位后，对革新派进行疾风骤雨般的罢黜，王叔文被贬为渝州（今重庆）司户，为免除后患，不久被赐死。王伾贬为开州（今重庆开州）司马，上任不久也即客死他乡。柳宗元、刘禹锡以及其余参与革新的八位干将，全部遭到贬职外放，史称"二王八司马"事件。

　　唐宪宗甚至发布诏令："纵逢恩赦，不在量移之限。"意思是无论今后朝廷发布任何大型的赦免活动，参与革新的"二王八司马"这几个人，永不在赦免范围之内。

　　轰轰烈烈的"永贞革新"，仅仅持续了一百八十多天，就匆匆落幕，以失败告终。

　　在这场政治劫难中，作为中坚力量的柳宗元，以罪臣身份被贬为邵州（今湖南邵阳）刺史。当权者对他还不放心，在他赴任的途中，又一纸诏书，将他降为永州（今湖南永州）司马。

　　千里迢迢奔赴永州后，柳宗元一家寄居在破败简陋的龙兴寺里，名义上虽为永州司马，实际上不能参与政务，且被监视居住。

　　语言不通加之气候不适，自由受阻，使他心神俱疲。更令他

痛心的是，年近七旬的老母亲跟随他来到这偏僻荒蛮之地，竟因为水土不服，染上重病，不到半年就客死他乡；相依为命的妻子也因难产别他而去，阴阳暌隔。

仕途失意，理想受挫，至亲离散，颠沛流离，让谪居在龙兴寺的柳宗元黯然神伤，精神陷入极度苦闷忧郁之中，以致瘦弱憔悴，百病来侵。而立之年已然牙齿松动，双鬓斑白。身体也因受南方寒湿侵袭，全身疼痛，走路打颤，起坐无力。

然而，不公平的待遇和身体的病痛并没有磨灭他的远大志向，他仍期望有一天能重回京师，为国效力。他曾数次上书朝廷陈情心迹，给昔日故交写信求助，却石沉大海。

十年的苦等无望，年复一年的度日如年，让他时时产生孤独绝望、万念俱灰之感，这种情绪充盈在他当时的游记、诗歌作品里，表现为彻骨的凄寒。《江雪》就是于此背景下的作品。

一个落寞的冬日，寒风刺骨，雪满大江。他独自一人来到郊外，在漫天大雪中漫无目的踽踽独行。四野茫茫，天地肃杀。除了他身后两行深深浅浅的脚印之外，山山皆白，路路飞雪，空中没有一只飞鸟，路上没有一个人的踪迹。

突然间，他看到不远处的江面上，停泊着一只小船，一位须发如雪的老渔翁，披着蓑衣，戴着斗笠，如一块磐石般端坐在船头，手持鱼竿，心无旁骛，在飘着大雪的江面上独自垂钓。

空蒙而高远的山水，在漫天雪色的映衬下，透着"独""静"与"寒"。于是，一幅万籁无声、空净凄美的寒冬江雪独钓图，在诗人的笔下延展开来。

茫茫雪野如此空寂，清冷，纤尘不染；寒江独钓的老渔翁如此孤独，决绝，遗世独立。由此可以得见诗人性情之孤傲高洁，亦可知诗人心境之凄凉无助。诗中的渔翁，正是柳宗元本人的风神写照。小诗朗朗上口，韵律感十足。

有人说这是一首藏头诗，首字连起来就是"千万孤独"。诗无达诂，也许是后人妄加揣测，抑或这就是诗人内心的真实写照。自被贬永州，柳宗元与长安故土天涯相隔，音书阻断，他当下的处境，和孤舟上的老渔翁何其相似。

千年以前的姜子牙，曾为自己钓来王侯和江山。赤胆忠心的柳宗元，等来的却是"千山鸟飞绝，万径人踪灭"的千万孤独，怎能不忧愤，怎能不伤痛？

这首《江雪》，承袭柳宗元诗词的一贯风格，简明生动，以清新峻爽的文笔，委婉深曲地表达出极其沉厚的思想感情，造就一种独特的艺术风格。苏轼曾有言："所贵乎枯谈者，谓其外枯而中膏，似淡而实美，渊明、子厚之流是也。"他将柳宗元的诗词与陶渊明相提并论，可见其格调之高妙。

于柳宗元而言，永州十年虽是人生低谷，却是他文学创作的

高峰期。孤独无依之时，好在永州的山水给他的心灵以慰藉，让他沉浸于自然之奇境，试着从内到外打破精神枷锁，自我纾解，调整心态。他一生留下的 600 多篇诗文佳作，大多数都是在永州完成的。

十年之后，柳宗元被召回朝，本拟重用，无奈依然受到当权者的排挤，改贬柳州刺史。

"十年憔悴到秦京，谁料翻为岭外行"，刺史是地方最高长官，但柳州比永州更加偏远荒凉，跟流放并无二致。

在柳州任上，柳宗元并没有不被重用而颓废怠工。他学以致用，"革其乡法"，释放奴婢，兴办学堂，整治街巷。带领百姓开荒垦地，发展生产。勤政为民，政绩卓越，"柳柳州"是柳州百姓对他的最大拥戴。

即便如此，他仍走不出半生贬谪的心结。贬谪，即戴罪之身。囹圄于此身份的他，郁郁寡欢，内心孤独而忧愤难平。

残酷的政治打压，生存环境的险恶，壮志未酬的痛苦煎熬，一点点消耗他孱弱的生命。

四年后，半生蹉跎的柳宗元，终究没有等来皇帝的赦免诏书，不幸于柳州病逝，终年四十七岁。

岭外音书断，经冬复历春。

近乡情更怯，不敢问来人。

——[唐]宋之问《渡汉江》

宋之问

之问

有一种感觉，叫近乡情怯

有一种回家，叫衣锦还乡。

楚霸王项羽生于江苏宿迁。他起兵反秦，火烧阿房宫，成就霸业。秦亡后，有人劝他定都关中，筹划统一大业。项羽却思乡心切想要东归，他言："富贵不归故乡，如衣绣夜行，谁知之者！"富贵了不回故乡，好比穿着锦绣衣服在夜色里行走，谁又知道呢？他的对手刘邦亦有同样的情结，刘邦称帝后，风风光光地回到家乡沛县，邀集父老乡亲一起喝酒，酒酣耳热之际，他击筑高歌，唱着《大风歌》抒发豪情："大风起兮云飞扬，威加海内兮归故乡，安得猛士兮守四方。"志得意满、神采飞扬之状不言而喻。

光宗耀祖，衣锦还乡，从来都是世人在外拼搏的巨大动力和毕生怀揣的梦想。

有一种回家，叫归心似箭。

安史之乱时期，杜甫流落四川。当他听到叛军统帅史思明的儿子史朝义自缢，唐王朝取得平叛胜利的消息后，像孩子一样涕泪交零，惊喜若狂写下"生平第一快诗"，急迫地想要返回故乡。《闻官军收河南河北》一诗直抒胸臆，尽显归心似箭的心情：

剑外忽传收蓟北，初闻涕泪满衣裳。
却看妻子愁何在，漫卷诗书喜欲狂。
白日放歌须纵酒，青春作伴好还乡。
即从巴峡穿巫峡，便下襄阳向洛阳。

有一种回家，叫我心飞扬。

陶渊明在彭泽，做了八十多天县令，因看不惯官场的虚伪和矫厉，遂弃职而去，正式开启归隐生活。回到故里的他，犹如倦鸟归林，自在又轻松。他在《归去来兮辞》中写道："舟遥遥以轻飏，风飘飘而吹衣。问征夫以前路，恨晨光之熹微。"心情在文字里随风飘呀飘的，那份轻松愉悦让至今的我们都能感受得到。

然而，还有一种回家，叫近乡情怯。

宋之问是初唐人，他的祖上并不显赫，父亲宋令文凭借自身奋斗，成为唐高宗朝的左骁卫郎将。宋之问不仅仪表堂堂，而且才学卓著，二十岁即高中进士。

先天条件极好的他却没有乃父的志向，偏爱投机取巧走捷径。在武周一朝，他攀附武则天的宠臣张易之和张昌宗，凭借歌功颂德之作，被诏为近臣。每天不是奉旨写诗，就是做些阿谀游戏的文章，过着"不愁明月尽，自有夜珠来"的奢靡生活。

暮年的武则天卧病不起，宰相张柬之发动政变，迫使武则天退位，还政于唐中宗，并诛杀嬖臣张易之、张昌宗兄弟。与二张过往密切的宋之问，受到株连，坐贬泷州（治所在今广东罗定市）参军。

在现在的江西、湖南和两广交界处，有大庾岭等五座山峰，称为五岭。五岭之南，称为岭南，泷州即位于岭南。

　　元明之前，岭南乃百越之地，这里生活的少数民族成分复杂，气候条件和生活习俗与中原有很多不同的地方，经济与文化也极为滞后，被认为是"瘴疠之乡""蛮夷之地"。

　　朝廷官员若犯下重罪，则被贬岭南，形同流放。唐宋知名文学家韩愈、柳宗元、刘禹锡、苏轼、苏辙、秦观等都曾被贬往岭南，历尽磨难。

　　元和十年（公元815年）的三月，柳宗元赴任柳州刺史，写下《岭南江行》一诗，描写岭南的恶劣环境和艰苦生活：

　　瘴江南去入云烟，望尽黄茆是海边。
　　山腹雨晴添象迹，潭心日暖长蛟涎。
　　射工巧伺游人影，飓母偏惊旅客船。
　　从此忧来非一事，岂容华发待流年。

　　在他的眼里，岭南的江水笼罩着瘴气，滚滚向南，隐没于云烟之中。江水的尽头即是大海，两岸黄茆过颈，衰草连天。雨过天晴，群山中时有野象出没，太阳照射的潭水里，水蛭横行。一种叫射工的害虫，口含砂砾，一旦射中人的身子，人就会不治而亡，非常可怕。而飓风随时可能来侵扰江面上的船只，让过往的旅客胆战心惊。来至岭南，诗人感觉烦心的事又多了一件。他不知，在这瘴疠之地，自己的衰老之躯还能捱多长时间。

不久，柳宗元果然客死柳州，年仅四十七岁。

比较而言，一直行走在贬谪之旅的苏轼算是比较豁达开朗的，他曾写诗赞美岭南的荔枝："日啖荔枝三百颗，不辞长作岭南人。"可是，他心爱的侍妾王朝云，恰恰是因为瘟疫，成为惠州孤魂。

唐、宋两代的人，没有谁愿意去岭南。很多人又不得不去，对谪罪之人来说，圣命不可违。

锦衣玉食的宋之问，去泷州的途中路过五岭中的大庾岭。他的身后，是中原繁华盛世，而他要去的地方，则是岭南的穷山恶水。走在大庾岭的崇山峻岭之中，沮丧满怀的宋之问忽然意识到，这一座座高山，将隔断他与中原的脐带，从此，他就是化外之民。

尽管一路上郁郁寡欢，但只有看到这峰这岭，大难临头的恐惧才达到极致。于是，感慨万千，写下《题大庾岭北驿》：

阳月南飞雁，传闻至此回。

我行殊未已，何日复归来。

江静潮初落，林昏瘴不开。

明朝望乡处，应见陇头梅。

这是怎样的一座座山岭呢！北风不至，大雁不渡。春风不度

玉门关，是荒凉；南飞大雁至此回，是潮热。连南来北往的大雁都适应不了气候温度，让久居中原、富贵荣华里长大的宋之问如何能够生存？在诗人的遐想中，明天的岭头，应该有一陇梅花盛开在阳光最明亮的地方。梅花枝头，是故乡的消息，是故人的情谊，是回不去的长安的缱绻舒适。

落难之人，故乡是其心目中唯一温情的慰藉。怀恋故土的宋之问，望着长安方向，孤独而绝望。在大庾岭，他一口气写下数首诗，都是抒发颠沛流离、畏途思乡的悲苦情绪。

他在《早发大庾岭》这首诗中道尽心中幽怨：

歇鞍问徒旅，乡关在西北。

出门怨别家，登岭恨辞国。

在《度大庾岭》一诗中盼望归期，涕泪交零：

度岭方辞国，停轺一望家。

魂随南翥鸟，泪尽北枝花。

山雨初含霁，江云欲变霞。

但令归有日，不敢恨长沙。

北枝花，就是梅花，大庾岭上的梅花，南枝落，北枝开，及至诗人真的看到了那一陇梅花，却不是故园之梅，禁不住泪流满面。

宋之问到岭南不久，因无法忍受孤独和艰苦，第二年春天就偷偷逃回洛阳。途经汉江时，写下这首《渡汉江》。

虽然宋之问的人品为后人所不齿，但他在诗词格律、音韵和创作技巧方面的贡献，却不容小觑。这首《渡汉江》，同样有着极高的艺术价值。

《渡汉江》依然是思乡之作，与离家不同，回家的心理格外复杂。

小诗以极平易的语调入笔，写自己流放岭南，与亲朋音信隔断，历经一个冬天，接着又一个新春。寥寥几笔，便将贬谪岭南的孤独苦闷，思亲怀乡、度日如年的痛楚，淋漓尽致地表现出来，功力可见一斑。

从岭南到洛阳，一路上的千难万险自不必言说。渡过汉江后，意味着再也没有大山阻隔，离家越来越近。可是，诗人此时的心理却矛盾而忐忑，一言以蔽之：近乡情更怯。

这个怯，首先是一种激动。千里奔波回家路，走在熟悉的街巷，激动、急迫的心情，无疑是想飞的感觉。对于宋之问来说，除了激动外，似乎还有一种不可名状的不安和畏怯。他以戴罪之

身擅自逃回，怕的是身份暴露，被当权者发现遭到惩治；怕的是遇到熟识之人，不知怎么个交代。因此，对路上迎面走过来的熟人，怯怯地不敢开口说话。

这个怯，抑或是一种畏惧。此去经年，家乡亲人音信全无，怯于家人受自己连累生活不易，怯于亲人因思念忧伤成疾。这种怯，让他没有勇气打听家里的情况，生怕从来人口里听到不幸的消息。

这个怯，或许还有久别归返的陌生感，以及由这种陌生感衍生的不舒服不自在，就像贺知章诗中的"儿童相见不相识"，怯怯地怕人"笑问客从何处来"。

从遥远的异乡回到故乡，他有着"近乡情更切"的心情，急于想了解家和家人的现状；同时，他又有着"近乡情更怯"的顾虑和担忧。这种忧虑渐渐演变成一种别样的孤独、恐惧和战栗，使他不敢直面现实。

这般矛盾心理，看似无理，实则凸显诗人描摹心理的熨帖微妙。它既是宋之问特殊身份遭遇的特殊经历，也是普通驿旅之人多年离家，归返途中的切身感受，具有极大的典型性和普遍性，因而时时引发千古共鸣。

譬如，天涯别离，一朝重逢，想走上前向那人道一声"好久不见"，迟疑的脚步却是真的好难。还有焦急地等待最终的结果，想知道又怕知道的不安和忐忑，心境皆如是，这般，近乡情怯。

许多年之后，杜甫在乱世之中与家人离散，靠书信艰难联络："自寄一封书，今已十月后。反畏消息来，寸心亦何有？"一封信发出后，历经十个月还没有收到回音，如此漫长的等盼，在每一个不眠之夜，何尝不是一种痛苦和煎熬。这个时候，他反而极为害怕听到家人的消息，恐惧更为残酷的不幸发生。

宋之问这次潜逃回来，并没有吸取先前教训，为依附当权者，竟毫无节操地出卖收留他的好友张仲之，致使张仲之举家被灭门。宋之问非但没被追究逃返之事，反而因告密有功，在中宗朝又连连升官，红极一时。其卑劣行径，为当世所不齿。

不过，命中注定，他终究没有绕过岭南。唐睿宗即位后，旧账新账一起算，将他流放钦州（今属广西），后改为桂州（今桂林）。

唐玄宗继位后，依然没有放过宋之问，下令将他赐死徙所。最终，岭南还是成为他人生的最后归宿。

此时的宋之问，再也听不到家乡的消息了。在生命的尽头，不知他有没有怯怯地，想再看一眼故乡的梅花？

楚天千里清秋，水随天去秋无际。遥岑远目，献愁供恨，玉簪螺髻。落日楼头，断鸿声里，江南游子。把吴钩看了，栏杆拍遍，无人会，登临意。

休说鲈鱼堪脍，尽西风，季鹰归未？求田问舍，怕应羞见，刘郎才气。可惜流年，忧愁风雨，树犹如此！倩何人唤取，红巾翠袖，揾英雄泪？

——［宋］辛弃疾《水龙吟·登建康赏心亭》

辛

弃疾

知我者，一二三子

公元 1203 年，六十四岁的辛弃疾闲居铅山。

一个寂寥的秋日，他与陆游、刘过、姜夔、张镃等一帮文人诗酒唱和。酒酣耳热，怀古伤今，词人对着萧萧暮风凄然吟诵："吾侪心事，古今长在，高山流水。"一腔心事欲说还休，只好赋予春花秋月。

忽然有一天，朝廷传来诏令，令他即日赴京见当今圣上宋宁宗。

这应该不是一次普通的陛见，皇帝任用主战派大臣韩侂胄，朝中气象焕然一新，怕是对金国要有大动作了！

这怎能不让辛弃疾欣喜若狂？

辛弃疾生命存在的全部意义，似乎只是为了抗击金军，收复中原！

二十二岁那年，辛弃疾在济南招募义军两千人，揭竿而起，反对金国统治。不久，由于叛徒出卖，起义失败。辛弃疾率领五十死士，杀入济州，从五万人马的敌军军营取叛将首级，以惊人的勇敢和果断，于刀光剑影中书写一笔"少年胸襟，忒煞英雄"的人生传奇。之后奔驰千里，投奔南宋。

"靖康耻，犹未雪"，辛弃疾本以为南宋朝廷会励志雪耻，收复中原，自己可以大展身手，有用武之地。谁料懦弱的南宋王朝一心和议，偏安江左，"暖风熏得游人醉，直把杭州作汴州"，沉迷在温柔乡里，早已把恢复旧山河的念头抛至九霄云外。辛弃疾被安排了个闲差，英雄无用武之地，日消月磨，竟蹉跎起来。

醉里挑灯看剑，梦回吹角连营。八百里分麾下炙，五十弦翻塞外声，沙场秋点兵。

马作的卢飞快，弓如霹雳弦惊。了却君王天下事，赢得生前身后名。可怜白发生！

——辛弃疾《破阵子·为陈同甫赋壮词以寄之》

一腔热血、报国无路的辛弃疾只能在醉里、在梦里踏马挥剑，驰骋疆场，为君王报家仇，为百姓雪国恨。可惜，灯尽梦残，一切虚幻，醒来已经白发丛生。

公元1194年，五十五岁的辛弃疾没有盼到喋血沙场，反而遭受弹劾，被主和派罢官归田，难问朝政。

梦真的碎了吗？

终于等到了这一天，朝廷要重启北伐，又想起辛弃疾这位白发老将！

冬月，辛弃疾在临安觐见宋宁宗。在与北伐有关问题上，辛弃疾诚恳提议：

其一，金国衰败势不可挡，其内忧外患，乱亡将至。朝廷如若抓住这次机会，积极推动北伐，定能一雪靖康之耻，收复中原失地。

其二，北伐不能草率行事，应当交付元老大臣，根据敌我形势发展，制定应变之策，领导和实施北伐战争。

这两点，核心是元老大臣。遍视朝野，谁是元老大臣？

辛弃疾认为最适合亲自带兵上前线的，是自己。无论声望，还是实战经验，都是不二人选。

但皇帝却看好韩侂胄。

韩侂胄的曾祖韩琦曾在北宋为将，与范仲淹共同守卫西北，并称"韩范"。当时有歌谣："军中有一韩，西贼闻之心骨寒；军中有一范，西贼闻之惊破胆。"韩琦可谓一代名将。但是，韩侂胄非韩琦，有曾祖的忠心，却无曾祖的实力。韩侂胄从来没有经历过战争，也没有参与过前沿防线经营，对军事可谓一窍不通。

就是这样一位纸上谈兵的人物，成了北伐总策划、总指挥。

韩侂胄鼓动北伐，并非真的有底气有能力收复故土，只是为了树立自己的威望。他让皇帝征召辛弃疾，是为了借助辛弃疾的声望鼓舞人心。他根本不信任辛弃疾。

辛弃疾的好友看到了这一点，力劝他不要趟这浑水：黑白杂糅，贤人与不肖混淆在一起，满朝奸佞阿谀之徒，赏罚不明，热衷于内斗内耗，靠什么去攻打金国？朝廷为什么用您，不能不好好审视一下。

辛弃疾不听。他已经箭在弦上，等待太久，他知道韩侂胄志大才疏，但他需要一个平台去实现自己的抱负，岁月不饶人，他没有机会继续等待下去了。他坦诚地向韩侂胄上书，把韩侂胄比作辅佐周武王的姜子牙，希望自己得到重用。但韩侂胄并没有把他太当回事，直到次年三月，才任命辛弃疾镇守镇江。

从地图上看，镇江在建康下游，位于长江津口，是军事要冲，战争前沿，兵家必争之地。但镇江是防御之处，如果北伐，主力必然集结于建康（今南京）。换句话说，韩侂胄根本没有打算让辛弃疾统兵北伐。

辛弃疾深感失望，但还是勉强上任，离前线近些，或许还有机会。

在镇江，辛弃疾积极地为北伐作战前准备，他准备了一万领士兵服，等着招募丁勇，陈列江上，以壮国威。他密集地向金国派遣间谍，为北伐收集情报。

然而，理想很丰满，现实更残酷。韩侂胄不愿手下有个资历深厚、威望高俊、性格倔强、难以驾驭的潜在对手，所以在利用完辛弃疾后，就过河拆桥，多次在宋宁宗面前极尽谗言，诋毁辛弃疾年事已高，不堪大用。恰在这时，辛弃疾推荐过的一位官员犯了罪，韩侂胄便将辛弃疾连坐，追究他举荐不当，将辛弃疾由朝议大夫降为朝散大夫，免去镇江知府，迁任隆兴知府。

对辛弃疾而言，无疑是致命打击。

　　一生抱负，最后一次施展的机会就这样被断送，焉能不恼恨激愤！他感到前所未有的孤独。

　　镇江长江南岸，有北固山，横枕大江，山势险要。山上有亭，叫北固亭，又叫北固楼。登亭远眺，不仅江水浩渺，而且依稀可见江北风景，群山逶迤，草木葱郁，天地苍茫，仿佛中原故土。靖康之后，南渡官民思念家乡，常常登楼怀远，因此又将北固亭称为"北顾亭"。

　　离开镇江时，他登上北固亭，在苍凉的北风中，写下《永遇乐·京口北固亭怀古》：

　　千古江山，英雄无觅孙仲谋处。舞榭歌台，风流总被雨打风吹去。斜阳草树，寻常巷陌，人道寄奴曾住。想当年，金戈铁马，气吞万里如虎。

　　元嘉草草，封狼居胥，赢得仓皇北顾。四十三年，望中犹记，烽火扬州路。可堪回首，佛狸祠下，一片神鸦社鼓。凭谁问，廉颇老矣，尚能饭否？

　　他想起孙权（字仲谋），感慨英雄无觅。孙权这样的英雄现在找不出来了。词人还想起了另一位雄踞江南的英雄——寄奴。寄奴是南朝宋开国皇帝刘裕的小名，刘裕曾以京口为根据地，削平内乱，取代东晋江山。刘裕还两次领兵北伐，先后灭掉南燕、后秦，收复洛阳、长安等地。"金戈铁马，气吞万里如虎"写的就是刘裕北伐的壮举。后人多用这两句形容所向披靡的英雄气势。金戈，指武器；铁马，披着铁甲的战马。冷兵器时代，金戈铁马都是精良的军事装备。

然而，历史尘烟下，刘裕这样的壮举，最后也归于平淡，如今只剩下"斜阳草树，寻常巷陌"。

宋武帝刘裕的儿子刘义隆，有其父之志，却无其父之才。他三次北伐，均无功而返。第二次北伐，还被北魏国反攻，直到长江沿岸，国力损耗严重。

刘宋大将刘兴祖曾向刘义隆建言：率一支奇兵，出山东，占领中山（今河北定州），守住太行山险要，将北魏遏制在山西和燕山之北，这样，中原不战自溃，北伐必将成功。这条建议，与辛弃疾的北伐设想相似。但当时的刘义隆刚愎自用，没有采纳刘兴祖建议，辛弃疾的谋略也不被朝廷重视。

辛弃疾感同身受，很容易想起这段历史。

元嘉是刘义隆的年号，三次北伐就发生在元嘉年间。狼居胥是一座山的名字，汉代时在匈奴境内，霍去病征匈奴，到达狼居胥山，在这里举行封禅祭天，庆祝胜利。

刘义隆立志北伐，想要像霍去病一样封狼居胥，但力不能逮，

最终仓皇逃窜，眼看着敌人兵临城下。

文学史上历来对这一典故的解释争议颇多。一部分人认为，这是影射隆兴北伐失败故事，告诫朝廷不要轻敌冒进。大多数人则认为，韩侂胄急于求成，准备不足，草率行事，词人凭借自己敏锐的洞察力，预言此役必败，因此深感忧虑。

隆兴北伐虽然失败，但有很强的积极意义，辛弃疾在《九议》中，对隆兴北伐进行了肯定。所以，这里不可能用元嘉北伐影射隆兴北伐。

自朝廷从浙东召回辛弃疾那天起，辛弃疾就不遗余力支持北伐，没有任何资料表明他主张北伐应该谨慎缓行。

那么，辛弃疾用刘义隆北伐失败的典故，到底在警示什么？

辛弃疾对即将进行的北伐是真心支持的，但正如殿前召对所言，他认为北伐应该由"元老大臣"来主持，希望自己在北伐中发挥主导作用。尔后先是受到朝廷冷落，现在又被弃置不用，干脆调离前线，自然心绪难平。

他忧虑的是，没有自己这样的"元老大臣"发挥作用，凭借韩侂胄这样的肤浅之辈，北伐将岌岌可危。

韩侂胄虽然职高权大，却在真枪真刀面前苍白无力。

接下来，词人回忆自己的战斗生涯。四十三年前，正是辛弃疾如火如荼抗金杀敌、渡江南归的岁月。他从硝烟弥漫中走来，受过战火洗礼，受过阵前锤炼，是一位有资历的合格将军。词人用"四十三年，望中犹记，烽火扬州路"告诉朝廷，自己最有资格、最有能力参加到抗金北伐战役中。

"可堪回首，佛狸祠下，一片神鸦社鼓"，佛狸，是北魏皇帝拓跋焘的小名。正是这个拓跋焘，反攻刘义隆，直打到扬州城下，饮马长江。拓跋焘在扬州瓜步山上建立祠庙，后人称为佛狸祠。佛狸祠本是入侵者的象征，而如今老百姓早已忘记八百年前的战火，反而将入侵者的战火变成了香火。

无疑，词人用佛狸祠，讽喻南宋君臣已多年不识烽烟。

最后，词人将词的主旨落脚到自己身上："凭谁问，廉颇老矣，尚能饭否？"我老了吗？没有！还能战斗吗？当然能！自信满满。

廉颇是战国时赵国的常胜将军，年龄大了，赵王担心他不能继续带兵打仗，特意派人探查他饭量，以此推断他身体状况。词人以廉颇自比，不仅在比年龄，更是在比军事能力。

这是辛弃疾在被弃置不用的牢骚词，也是他向朝廷最后表白的请战书。

辛弃疾这首词传到韩侂胄耳中，韩侂胄大为不满，直接免了辛弃疾的职，让他继续回家赋闲。

辛弃疾忧虑时事，但一筹莫展。

韩侂胄一意孤行，对金国不宣而战。可惜，宋军一接触金军，

就纷纷溃退，从东到西，全线溃退，一败涂地，不可收拾。惨败之后的朝廷想起辛弃疾的忠告，竟再次传诏，让他回京收复残局，支撑危局。

可惜回天无力。北伐愿望落空，辛弃疾明白自己此生难以再有作为，再也看不到收复中原的那一天，不禁心如刀绞，泪如雨下。他愤然抗旨，拒不出仕，"不是长卿终慢世，只缘多病又非才。"不愿与这个尘世再有半点瓜葛。

一年后，南宋宁宗开禧三年九月初十，辛弃疾病逝铅山瓢泉新居，享年六十八岁。临死前大呼"杀贼"数声，时人闻之落泪。

数百年后，人们只知道英雄辛弃疾、词宗辛弃疾，可谁又知道，他空有凌然正气，盖世武功，一生却无用武之地，报国愿望终落空，孤独至极，遗憾而终。

正如他在一首《贺新郎》中所说："知我者，二三子。"

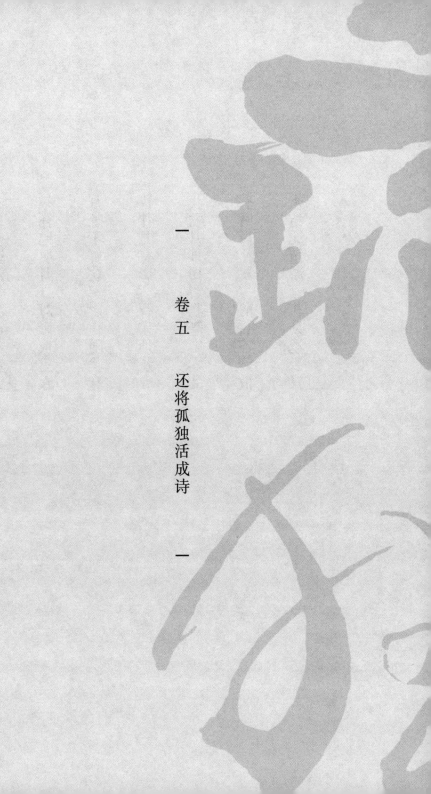

一

卷五　还将孤独活成诗　一

花间一壶酒，独酌无相亲。

举杯邀明月，对影成三人。

月既不解饮，影徒随我身。

暂伴月将影，行乐须及春。

我歌月徘徊，我舞影零乱。

醒时同交欢，醉后各分散。

永结无情游，相期邈云汉。

——［唐］李白《月下独酌·其一》

李白

白

一个人的月光

　　常人形容李白，不外乎用仙风道骨、才华横溢一类的字眼儿，谪仙人李白，笔落惊风雨，诗成泣鬼神，何等的倜傥不群，天纵英才。

　　世人这样认为，李白自己也这样认为，他引吭高歌，自信满满："天生我材必有用，千金散尽还复来。"妥妥的天之骄子，傲娇起来，丝毫不含糊。

　　放眼紫陌红尘，熙熙攘攘的人群中，这样的天才，几百年间或许才有一个。

　　李白，这一个，像日月星辰，照耀锦绣山河；这一个，光芒万丈，照亮千古文化史册；这一个，"酒入豪肠，七分酿成了月光，余下的三分啸成剑气，绣口一吐就是半个盛唐"；这一个，让千百年来的追随者前仆后继，膜拜仰望，雄踞人间第一流。

　　被人膜拜、仰望的感觉挺好，可是，"大道如青天，我独不得出"，曲高和寡、怀才不遇的孤独感，被人嫉妒毁谤的"万古愁"亦应有尽有。

　　唐玄宗天宝年间，由于贺知章的引荐，玄宗皇帝对李白的诗文非常倾慕，遂召他入宫。朝堂之上，唐玄宗提问他一些当世事务，李白凭借半生饱学，以及十多年间在市井游历中积累的丰富阅历与见识，侃侃道来，对答如流，令唐玄宗大为欣赏，随即，李白以御用文人的身份供奉翰林，为皇帝一行的宴饮或郊游提供服务，为帝王及妃子侍宴陪酒，写诗助兴。

　　天宝二年（公元743年）的一个春日，唐玄宗携贵妃在宫中的沉香亭前观赏牡丹，乐师李龟年和众梨园弟子丝竹管弦，欲以歌舞助兴，却被玄宗皇帝叫停，言之："赏名花，对妃子，焉用旧乐词为？"于是命李龟年急召翰林学士李白进宫谱写新曲。

　　据说，李白当时正在酒肆和朋友饮酒，已喝得酩酊大醉，人事不省。李龟年好不容易将他带到宫里，他还是烂醉如泥，鼾声如雷。后来，杜甫惟妙惟肖地还原了当时的场景：

李白斗酒诗百篇，长安市上酒家眠。
天子呼来不上船，自称臣是酒中仙。

——杜甫《饮中八仙歌》

　　唐玄宗命人送来醒酒汤让人喂他喝，并用冷水拂面，李白才稍许清醒。酒醒后的李白领旨写诗，他借着酒力，邀请宦官高力士为他脱靴，杨贵妃为他研磨，当即饱蘸浓墨，在御赐的金花笺上笔走龙蛇，洋洋洒洒，挥毫成诗：

云想衣裳花想容，春风拂槛露华浓。
若非群玉山头见，会向瑶台月下逢。

一枝红艳露凝香，云雨巫山枉断肠。

借问汉宫谁得似？可怜飞燕倚新妆。

名花倾国两相欢，常得君王带笑看。

解释春风无限恨，沉香亭北倚阑干。

——李白《清平调词三首》

  诗中用白云和牡丹花来比喻杨玉环华美的服饰及容貌，将唐玄宗彼时彼刻心中最为得意的名花与爱妃巧妙地联系起来。在他的笔下，花容月貌的杨贵妃仿若雍容华贵的牡丹，又好似瑶池天女下凡，貌若倾城，国色天香，"名花倾国两相欢"，满纸春色，春风无限。三首《清平调》词，倍受唐玄宗李隆基和杨贵妃的赞赏，文章风采，名动一时。

  人红是非多，得到皇帝宠信的李白，木秀于林，不可避免地受到同僚以及他所蔑视的权贵们的嫉恨和构陷。即便待遇优厚，风头无两，富贵荣华俯首皆是，但李白在宫廷中的日子并不开心，因为，这样的殊荣并不是他想要的结果。

  以不世之才自居的他，渴望出人头地，更渴望能如管仲、乐毅那样封侯拜相，建功立业，"谈笑安黎元""相与济苍生"，大展宏图，安定天下。可朝政的日益腐败，个人境遇的日趋困窘，远大的理想抱负与社会现实之间不可调和的矛盾，让他饱受"功业莫从就，岁光屡奔迫"的精神磨折。

政治上遭遇排挤，仕途上为他人不容，使他的内心充斥着无以言表的苦闷和孤独。但他没有颓废和沉沦，更不与权贵同流合污，而是一身磊落，让身心沉浸于广阔的可以自由驰骋的诗书领地，天马行空。

天宝三年（公元744年），"三月咸阳城，千花昼如锦"，李白花间置酒，借酒浇愁，将孤傲不羁的性情，浓墨重彩地挥洒于字里行间。于是，就有了《月下独酌》的横空出世。

不能不说，诗仙太白是个格外具有浪漫情调的大诗人，现代人追求的仪式感，在他那里确实是最为普通的日常。

酒与月，是李白一生须臾不离的最忠实的伴侣。寻常人贪杯，醉酒后头昏脑涨，不理智不清醒，吆五喝六耍酒疯。狂饮后的李白却神采飞扬，斗酒诗百篇，挥毫泼墨都是精彩绝伦的诗篇。长诗短句，浩如烟海，随便掬一捧，便是"兰陵美酒郁金香，玉碗盛来琥珀光"。

在诗仙、酒仙李白的眼里，月亮并不只是俗人眼底的那一轮，她千姿百态，玲珑有致，寄托着特有的诗情画意。

他的月亮里有童年。"小时不识月，呼作白玉盘。"月亮里有乡情，"举头望明月，低头思故乡"；月亮里有友情，"我寄

愁心与明月，随风直到夜郎西"；月亮里有相思，"孤灯不明思欲绝，卷帷望月空长叹"；月亮里有惆怅，"今人不见古时月，今月曾经照古人"；月亮里有豪情，"唯愿当歌对酒时，月光长照金樽里"。

而把这种酒、月情愫发挥到极致的，就是这首《月下独酌》了。

"花间独酌"，一个"独"字，道出诗的题眼，诗人的落寞孤单跃然纸上。

诗人于花间置酒，一定是想着和朋友知己，坐在花丛中一边赏花，一边饮酒。"两人对酌山花开，一杯一杯复一杯。"推心置腹，畅所欲言，喝个开怀，聊个尽兴，不管不顾，一醉方休。

可是，在这个月圆花好的春夜，花娇艳无比，月清辉万里，佳肴、美酒香飘四溢，却并没有一位良友佳朋前来对酌。

"独酌无相亲"，又一个"独"字，独得让人凄凉。而当我们才适应了当下这份凄凉，一瞬间又被诗人的突发奇想惊到："举杯邀明月，对影成三人。"诗人高高举起手中的酒杯，邀请天上这弯清月，连同月下自己的影子，"三人"一起举杯相邀，热热闹闹地喝起来了。

"举杯邀明月，对影成三人。"这一句，让人不能不称奇，又几多善解人意，合情合理。

孤独的时候，即便没有知音共赏，没有朋友可以一起推杯换盏，独酌又何妨，要喝就喝个酣畅淋漓，不醉不休。何况还有花有月，赏心悦目。

因而，每每皓月当空，一个人自斟自酌之时，都会不自觉地重复完成这个动作。举杯邀月，对影三人，恍然间，喝出觥筹交错的感觉。

无疑，这是李白的功劳。

谪仙人一举手一投足，如此遗世独立。不能不感叹诗仙的浪漫，浪漫得让人忽视了他的孑然之苦，忽视了他的那一颗孤介傲岸的心灵。"举杯邀明月，对影成三人"遂成为一个经典的符号，一种风雅与自得其乐的玩味。

可是，高高在上的明月不会喝酒，自己的影子也只是默默地跟随而已。"月既不解饮，影徒随我身"，花在花中，影在影中，最后的结局，还是自己饮下所有孤独。

然而，有这样的陪伴终究还是好的。无须试探，不用讨好，用不着违心屈就，曲意逢迎。在月和影的伴随下，且歌且舞，及时行乐，何尝不是一种特别的心灵慰藉？这样让人轻松、快乐、自由的氛围，这种毫无利害、最纯粹最真诚的交流，只应天上有，人间几回闻？

所以诗人愿和它们永结无情游，远离人间喧嚣，避开无端争斗。"无情"即不沾染世情，"无情游"，指超出于一般世俗关系的交游。

　　奈何，繁华落尽是孤独。酒能麻醉一时，孤独却如影随形。可除了酒，还有什么可以让人忘乎所以，一壶解千愁？

　　李白这一生，壮志凌云，不羁放纵爱自由，他蔑视世俗和权贵，但又想通过走仕途济世安民，所以注定孤傲落寞，与现实格格不入。

　　好在，人类素有趋乐避苦的本性，他还有诗，有月，有酒。在诗中，他用与生俱来的旷达，与出神入化的浪漫，来化解这种矛盾和孤独。

　　譬如这首《月下独酌》，诗以阳春三月、繁花如锦的月夜为背景，以明月、诗人自己、影子三者为叙述主题，以花间独酌为线索，展开丰富想象。明明骨子里都是愁，偏偏奇思异想，写得意趣横生，豁然明朗；明明孤独无人陪，却写得热闹非凡，流荡自然，不落俗套。诗中虽不乏自我纾解的消极成分，但消极之中却又激扬着进取；有深然的感喟，而无颓废的感伤，于孤寂落寞之中，彰显着根植内心的超然与浪漫。

　　"何事文星与酒星，一时锺在李先生。高吟大醉三千首，留著人间伴月明。"诗人郑谷在《读李白集》一诗中，给予李白以文星、酒星的高度评价。乾隆皇帝亦有"千古奇趣，从眼前得之。尔时情景，虽复潦倒，终不胜其旷达"的深切嘉赏。

　　拉美作家马尔克斯曾经说过："一个人最好的状态就是独处的时候，安静，自在，不用周旋于别人的思绪，也不必刻意判断他人的心思，自己陪同自己，回归一个真实的自己。"

人性的孤独与生俱来，所谓知音难觅、怀才不遇，命运多舛，现代人一生所经历的困惑和磨难，和数千年前的李白大抵是一样的。当下的我们读一首诗，读到入心、共情，不仅仅感动于诗仙的一颗纯净诗心，且在遣词造句的美好中，生命中所有与这首诗的相关，一一涌来，与当下的自己握手言和、两两相安。

一个人喝酒很浪漫，一个人写诗很疏狂。一个人的月光，孤独唯美，空前绝后。

俗世中的你我，不只生活在孤独中，还生活在流动的时光中，生活在花朵、月色、河流、房屋的空间里。愿我们如诗仙李白那样，始终保持一颗想飞的心，时刻准备着飞翔的姿态。

中岁颇好道，晚家南山陲。

兴来每独往，胜事空自知。

行到水穷处，坐看云起时。

偶然值林叟，谈笑无还期。

——[唐]王维《终南别业》

王

维

人生，原本一场孤独的救赎

　　他，可以说极其幸运，少年成名，状元及第，平交王侯，春风十里，生活丰足优渥；却也称得上极其不幸，九岁失怙，二十遭贬，中年丧妻，膝下无子，三十年孤居，人生暮年险遭杀头之祸。

　　他，工书画，擅琵琶，好园林，名盛于开元、天宝，妙年洁白，惊才绝艳。

　　他的诗，诗中有画；他的画，画中有诗，且洋溢着禅意的清芬。千年以来，一人而已。

　　他就是诗佛王维。

　　李白、杜甫和王维，是开元、天宝年间诗歌史上的三驾马车。

　　世人有"李白是天才，杜甫是地才，王维是人才"之论。天才，天马行空，不可羁勒；地才，沉郁顿挫，心系民生；人才，诗酒书画，人间温情。

　　在才子辈出的盛唐时代，文采绝伦者如过江之鲫。但是，倘若少了王维，大唐的精神气质则少了几许清妙空灵。

　　王维出身太原王氏，是魏晋以来的名门望族。曾祖父王知节曾任扬州司马，祖父王胄是大唐的朝廷乐官，一把琵琶冠绝天下。父亲王处廉，在汾州司马任上，清雅温和，恭敬有识。唐朝是个开放、宽容的王朝，但论及门第出身，却是等级分明。含着金汤匙出生的王维，家族已然显赫，他的母亲崔氏，则出身于另一个望族——博陵崔氏。

自幼年起，王维就开始接受正规化的贵族教育，父亲亲授诗文，母亲不仅教他画画、弹琴，还教他佛经。聪颖早慧的王维勤勉上进，少年时即提笔能写诗文，书法绘画，无所不长。在音律方面，更是继承祖父遗风，任何一种乐器，在他的手里，都能弹奏出动听的旋律。

如果时间停留在这个时段该有多好，可是当华美的叶片落尽，生命的脉络才举目直见。王维九岁那年，父亲王处廉突发疾病，撒手西去。天塌地陷，欢乐祥和的王家顷刻间跌入低谷。

之后，王维的母亲带着六个年幼的孩子，举家搬迁到蒲州。崔氏一族在蒲州门第显赫，迁到此地，方便往来和照顾。所以，王维也被后人称作河东人。

蒲州，即现在的山西永济市，东临中条山峰，西、南有黄河环抱，依山带河，气候湿润，土地肥沃。不仅经济遥遥领先，还是文化重镇，有唐一代，蒲州的贤相名吏层出不穷，只河东裴氏，就走出裴度等十七位宰相。

得益于蒲州深厚的文化底蕴的熏陶，兼之先贤奋发图强、匡时济世的动力鞭策，王维勤奋苦读，诗、书、画的技艺，更是炉火纯青。

六年后，王家长子初长成，十五岁的王维踌躇满志，怀抱一腔热血独自踏上宦游之路。

　　咸阳城内，他结识了同样好山水、好章句的祖咏、綦毋潜、储光羲、裴迪等诗友，几位才高气盛、豪侠任气的长安少年，常常聚集在茶坊酒肆，觥筹交错，纵饮狂歌。《少年行四首》是这个时期的代表作：

　　　　新丰美酒斗十千，咸阳游侠多少年。
　　　　相逢意气为君饮，系马高楼垂柳边。

　　　　出身仕汉羽林郎，初随骠骑战渔阳。
　　　　孰知不向边庭苦，纵死犹闻侠骨香。

　　　　一身能擘两雕弧，虏骑千重只似无。
　　　　偏坐金鞍调白羽，纷纷射杀五单于。

　　　　汉家君臣欢宴终，高议云台论战功。
　　　　天子临轩赐侯印，将军佩出明光宫。

　　　　　　　　　　　　　　　　——王维《少年行四首》

　　"相逢意气为君饮""纵死犹闻侠骨香"，试问，哪个男儿不憧憬投笔从戎，匹马戍梁州；哪个男儿不渴望建功立业，万里觅封侯。《少年行四首》这组诗，让世人见识了少年王维踔厉风发的血性男儿气概，劲健雄浑的气势及浪漫气息。

开元六年，王维到东都洛阳寻求机遇，受到文采风流、好音乐、好诗文的岐王的欣赏和推崇。凭借飞扬的诗才、绝妙的书画、高超的音乐技艺，王维平交王侯，风光无限。

在当时，唐朝的进士科考试盛行"行卷"制度，科举考试之前，士子将自己的作品写成卷轴，呈送给朝中权贵或者社会知名人士，由他们向主考官推荐。吏部组织大考的时候不糊名，知贡举等主试官员则根据"行卷"，参考科举试卷，综合考量士子的才能水准，然后决定名次高低。

得益于岐王李范的热心引荐，妙年洁白的王维，怀抱琵琶，以一曲精湛绝伦的《郁轮袍》，获得玉真公主垂爱。由于玉真公主的大力提携，开元九年（公元721年），二十一岁的王维取得辛酉科状元，及第后即解褐为太乐丞，负责宫中礼乐事宜，一时风头无双，迎来人生的高光时刻。

然而，官场险恶，世事无常，时隔不久，因手下伶人表演黄狮子舞犯禁株连获罪，王维被迫离开京城，到偏远的地方任职。

开元二十三年（公元735年），由于宰相张九龄的赏识和提拔，王维才返回京都，被擢升为右拾遗，到洛阳赴任。

两年后，张九龄受李林甫构陷被罢相到荆州任职，王维念及

旧恩，写诗相赠，表达自己的感激、落寞之情：

> 所思竟何在，怅望深荆门。
>
> 举世无相识，终身思旧恩。
>
> 方将与农圃，艺植老丘园。
>
> 目尽南飞雁，何由寄一言。

——王维《寄荆州张丞相》

因为这首诗，三十六岁的王维再次被贬出京，以监察御史的身份远赴凉州。在塞外大漠，写下"大漠孤烟直，长河落日圆"等经典诗句。

开元二十六年（公元 738 年），王维自河西回到京城，在长安任监察御史一职。

世人常常希冀岁月静好，然而，静好的不是岁月，而是心灵。相安于岁月，大抵是相安于一颗自由随性的心。

开元后期，正值壮年的唐玄宗丧失曾经的昂扬斗志，忙于和宠爱的杨贵妃宴饮游乐，歌舞狂欢，朝廷大小事务都交由李林甫裁决。大权在握的李林甫欺上瞒下，打击异己。朝堂之上，人人自危。

王维对此状况忧虑之至，夙夜不寐，可缺乏政治手腕的他，又无能为力。

　　孔子云：邦有道则见，无道则隐。学而优则仕，是旧时代文人的不懈追求。仕途不顺时求隐，寄予山水寻求解脱亦是寻常。唐朝士子时归时就的行为在当时蔚然成风。于是，不愿同流合污的王维选择亦官亦隐。

　　开元二十九年（公元741年），王维在终南山北麓置办别业，开启坐拥林泉的隐居生活。

　　终南山西起昆仑，东衔嵩岳，钟灵毓秀，伟丽瑰奇，仿佛一座天然的锦绣画屏，矗立在京都长安的西南方向。终南山北麓，交通便利，土地肥沃。山上山下，草木繁盛，清溪涓涓，风景秀丽，气候宜人。这里寺庙聚集，香火旺盛，世外高人以及长安的士大夫多在此参禅论道，是隐居的最佳之所。

　　在终南山上，王维和画家张澄，诗友裴迪、崔兴宗来往最多。避开尘世喧扰，他和酒朋诗侣相邀相携，郊外踏青，清溪垂钓，煮酒高歌，临水吟诗，尽享烟火人生，林泉野趣，日子充实而自得。

　　离尘嚣远一些，离自然就近一些。安静之人，内心自有一湾澄澈，如静水流深，静而后定，定而后虑，虑而后得。漫步在太乙峰岭上的王维，胸中藏丘壑，笔底烟霞涌：

　　太乙近天都，连山接海隅。

白云回望合，青霭入看无。

分野中峰变，阴晴众壑殊。

欲投人处宿，隔水问樵夫。

——王维《终南山》

这首《终南山》，后人有"意余于象""以少总多"的高评，作为诗人兼画家的王维，将纯熟的画技和诗艺糅合于字里行间，造就超凡入圣、浑然天成的神韵，为偌大的一座终南山塑立一帧传神写照。

"太乙近天都，连山接海隅"是诗人远眺终南山看到的壮观，诗人以夸张之笔，来表现终南山高耸入云、绵延万里的全貌，气势夺人，可以称得上山之"风骨"。

颔联"白云回望合，青霭入看无"，从近景着笔，诗人欲向前行，白云缭绕；再回头望，青霭迷蒙。在白云青霭处，万壑千岩、翠柏苍松、怪石清泉、花鸟草虫，所有一切，影影绰绰，遥不可及。此奇妙境界，人人有同感，却人人道不出，独有王维，仅用十字，如此真切地道出山之"灵魂"。

诗人驻足中峰，举目四望，纵观南北东西，四时阴阳。颈联"分野中峰变，阴晴众壑殊"以寸管之笔，画终南山千形万态，尺幅万里，尽显山之"气势"。

尾联"欲投人处宿,隔水问樵夫"悠然落笔,使得终南山恍如隔世仙境的自然清冷中,一不小心曳进一丝烟火人家的温暖,有了人间气象。山旷人稀,此中有人。以此收尾,泠然有声,则是这首诗的"意外之意"。

历经山水濯洗,王维的诗越写越短,简而易懂。他试图在诗中淡化他的情感,而灵动的笔墨,却有意无意地暗合内在底蕴,与自然融为一体,呈现出一种全然疏放的意识形态,溢于诗外。

自陶渊明、谢灵运始,山水田园成为诗歌创作的重要题材,王维得之陶渊明的自然妙成,取之谢灵运的精工曼丽,又糅合进自己深厚的绘画、音乐素养,创作出"诗中有画,画中有诗""诗中有禅"的名篇佳作,成为山水田园诗派一面不倒的旗帜。

由于中年之后的王维隐居奉佛,执着于佛理禅意,他的诗作还表现为一种空、寂之境,寄兴于空山寂林,浸淫于一种孤独的自由自在之中。诗情诗语,似淡而还浓,似近而愈远。"可与知者道,难为俗人言。"

譬如这首《终南别业》,独出机杼,记录诗人一次无心的遇合:

中岁颇好道,晚家南山陲。
兴来每独往,胜事空自知。

行到水穷处，坐看云起时。

偶然值林叟，谈笑无还期。

——王维《终南别业》

某一日，诗人信步走出自己的住所，独自在山中踱步漫游。他在山中走着走着，不知不觉就走到了水的尽头。眼前似乎无路可走，索性临水而坐，仰着头，专注地瞅着山脊上的团团云朵，看它们自由自在、随风飘拂的样子。诗人猜测，或许，这水去了天上，变成云朵；或许，一阵风起，云朵又变成雨水；尔后，雨落在山涧，脚下就又水流淙淙、生生不息了。

所以，事有因果，周而复始，无须萦怀，何必绝望。一个人，兴之所至，出门走走看看，遇到有趣的事，就停下来自我放松自我陶醉一番。遇到有缘的人，就坐下和他聊聊。谈天说地，说古道今。因为不急着赶路，聊着聊着，忘记了时间，忘记了回家，是常有的事。

这世上哪有什么山穷水尽，穷途末路？处处有活水，处处有活路。沧桑世事，负累几许，贵在坚守住自己的本心。

"行到水穷处，坐看云起时"一句最为深入人心，与《金刚经》"应无所住而生其心"一脉相承。渊明诗云"云无心以出岫"，佛家眼底的云，即"无常心""无住心"之兆。它告诉我们：人生底事，来往如梭，与其执着地苛求，何如清溪逐水，闲看蓝蓝天空白云朵。

　　世人喜欢王维，除了喜欢他的诗外，还喜欢他身上的贵族气质、清贵气息，和才高霸气的李白不同，和穷困潦倒的杜甫不同。这种清贵气息，使他文笔风雅，审美情趣极为纯美，诗如空谷幽兰，时有王者之香。

　　《终南别业》这首诗，不自觉地融入佛家理念。然而，诗中的清贵气息显而易见。诗人贾岛同样事佛，但贾岛诗中僧气的寒苦浓俨，缺少盛唐的雍容与高华之气。所以王维被后世尊为"诗佛"，贾岛只能屈尊为"诗奴"。

　　庄子言：独往独来，是谓独有。独有之人，是谓至贵。"晚家南山陲"的王维，弃绝尘俗，不为物累，思想更加澄明如镜，诗如其人，其人如诗，全是神采，全是通透。

　　人生，原本就是一场孤独的救赎。纵使世事纷扰，怀揣一颗纯净诗心，坐拥一方清虚宁静，乐山乐水，物我两忘，原本的愁郁不平，竟如烟云般散去，孤独苦闷不解自消。

　　行到水穷，坐看云起。

数家茅屋闲临水，单衫短帽垂杨里。花是去年红，吹开一夜风。

梢梢新月偃，午醉醒来晚。何物最关情，黄鹂三两声。

——［宋］王安石《菩萨蛮·数家茅屋闲临水》

王

安石

孤注一掷的拗相公

"墙角数枝梅,凌寒独自开。遥知不是雪,为有暗香来。"

短短四句的《梅花》诗,自街头巷尾三岁孩童口中脆生生地吟出,格外生趣盎然。让人仿佛看到,梅花如雪纷纷,在孩子稚嫩的童声里,促生一朵朵早春的芳菲。

另一首富有浓厚生活气息的《元日》,更是中华民族经年不衰的传唱曲目:

爆竹声中一岁除,春风送暖入屠苏。
千门万户曈曈日,总把新桃换旧符。

还有那句经典之中的经典 , "春风又绿江南岸,明月何时照我还",相信每个人的童年里,都有被老师仔细考问过的回忆,曾绞尽脑汁地把"绿"字换了又换,经历人生第一次咬文嚼字的经历,感受"一字三年得,一吟双泪流"的值得。尔后,对诗人精湛的笔力由衷佩服。始知"唐宋八大家"中的一席,不是谁轻易就能坐稳的。

在英才辈出的北宋,若以才华而论,王安石绝对是实力派的人中翘楚。

不过,在这些"人中翘楚"当中,王安石应该说是最独特、也最不寻常的一个。

首先,他有诸多的怪异。

和苏轼的大众随性、乐天开朗相比，王安石完全称得上一个怪人，一个处世为人有悖常理的"拗相公"，有诸多逸事在坊间流传。

一是他的不修边幅。

不拘小节，衣着随性，如果能随便成一种风格倒也罢了，譬如袒腹东床的王羲之，被太傅郗鉴慧眼识真人，选为乘龙快婿，成就一段佳话。

王安石的不修边幅，却让人大跌眼镜。

据传王安石在扬州太守幕府时，读书非常刻苦，常常通宵达旦，天将黎明之时，才在椅子上打个小盹稍事休息。一觉醒来，来不及梳洗，蓬首垢面就上朝去了，那样子自然不得人心，太守韩琦以为他贪溺床帏，就以过来人的语气加以规劝："老弟，我劝你趁着年轻，多用功念点儿书吧。"王安石没有多加辩解，说了一句韩公不能知我。后来，韩琦才知道其中缘由。

叶梦得在史料笔记《石林燕语》中记载："王荆公性不善缘饰，经岁不洗沐。衣服虽敝，亦不浣濯。"说王安石在群牧司当判官时，和韩维、吴充等人经常来往，韩、吴对他的不洗沐、不修饰实在看不下去，便每月强行带他去寺院里的澡堂里沐浴。在他出浴池之前，偷偷藏起了他的脏袍子，留一件新的挂在外面。王安石洗完澡出来，看也没看就穿上了。对于袍子的新旧，是不是他

原来的那件，他全然没留意。所以，苏轼的父亲苏洵写文章批评王安石"囚首丧面而谈诗书""衣臣虏之衣，食犬彘之食"。

"食犬彘之食"说的是王安石对吃的更不讲究。一次，仁宗皇帝召集众大臣在后花园宴乐，为增加宴会的娱乐性，皇上让众位大臣在御花园的池塘里自己捕鱼烹煮。御厨做了很多小球状的鱼饵，摆放在一个个的金盘子里，供大臣们取用。王安石不喜欢钓鱼，也不屑参与这份热闹，便独自坐在凉亭里琢磨事儿，捎带着将身边金盘子里的鱼饵吃个精光。这件事令众大臣另眼相看，连一向宽厚仁慈的仁宗皇帝对他也有了看法，对宰相韩琦说："王安石是个伪君子。人也许会误食一粒鱼饵，总不会在心不在焉之下把那些鱼饵全部吃完的。"

连鱼饵都能成为口中之食，绝对不会是一个吃货作为。吃鱼饵完全是无心之举，因为他向来不注意自己吃什么，没有喜欢，亦没有最喜欢。

一次，家里的下人告诉王安石的夫人吴氏，说相国喜欢吃鹿肉丝。吴氏听了一脸骇异，问他是怎么知道的。下人说："吃饭时他不吃别的菜，只把那盘鹿肉丝给吃光了。"第二天，吴氏让下人把菜的位置调换一下，鹿肉丝放在离他最远的地方。吃饭时，那盘鹿肉丝，貌似王安石都没看到，只把自己眼前的菜吃个精光。下人才知道，知夫莫若妻，王相国只吃离他最近的菜。

　　自古以来，锦帽貂裘、锦衣玉食乃是国人心目中士大夫的面貌形象，像王安石这样权倾朝野，吃饭穿衣方面却粗俗至极，只能说明王安石是个千古奇人。

　　还有那句流传千古的俗语"饱暖思淫欲"。

　　在宋代，士族纳妾乃至寻花问柳本是寻常，但王相国又是个另类。夫人吴氏为他买来一女子做妾。晚上女人来伺候他休息，王安石见是陌生面孔，忙问她是谁。女人战战兢兢地说，是夫人派她来伺候老爷的，她的丈夫为朝廷运送物资，不幸遭遇台风。丈夫把家产卖尽，不足以抵还官债，只好把她卖了九百缗，以免除牢狱之灾。王安石听后非常同情这对小夫妻，当即命人找来女子的丈夫，让两人一起回家，九百缗只字未提。从这件事可以看出王安石不迩声色，不吝钱财。

　　王安石还屡次谢绝朝廷的提拔重用。从二十一岁高中进士，到四十六岁被神宗重用，前后二十五年间，他一直在地方做官，谢绝任何推荐和任命。好在仁宗和英宗都很仁慈，皆宽容了王安石的抗旨不遵。

　　王安石偏安一隅，以孤注一掷的拗劲为政一方。他建堤筑堰，改革办学，创办农民贷款法，政绩斐然，深得百姓爱戴。二十五年间的韬光养晦，为的是体验民生，考察民情，为今后成就大事积累经验。

但凡一个人孤注一掷地做某件事，必定能成就大事。世人是这样认为的，王安石也是这样锲而不舍执行的。他把毕生精力都用在变法改革上，在他执政期间，大刀阔斧地改革旧制，实行变法，这就是闻名中外的熙宁变法，也就是王安石变法。

王安石变法的主要目的是富国强兵，振邦兴土，改变北宋积贫积弱的现状。改革的初衷是好的，具有深远的积极意义，一段时间内，北宋财政大有好转。

王安石是个好人，他不任情放纵，也不腐败贪污，但由于急于求成，把变法大计以非常激进、非常极端的制度进行推进，国家行政过度干预经济生活，使新法偏离正道。又由于他自身刚愎自用甚至专权独裁的性格缺陷，不能知人善用，近小人远贤臣却不自知，被曾布、李定、吕惠卿、蔡确等群小利用，排除异己，从而引发朋党之争，社会内部矛盾愈演愈烈。

变法失败后，王安石带着满身疲惫告老还乡，退居于江宁钟山半山园。这时候的王安石，已不复当年的士气和心境。他两次拜相，一人之下万人之上，风光无限；又两次被罢相，最后竟遭一手扶植起来的亲信吕惠卿的背叛，加之儿子王雱不幸病故，白头人送黑发人，让这位曾经叱咤风云的老宰相万念俱灰，沦落为一个在乡间独自骑驴闲行、疲惫颓唐的村居野老，"喃喃自语，有如狂人"。

黄庭坚在《菩萨蛮·半烟半雨溪桥畔》一词的小序中云："王

荆公新筑草堂于半山，引八功德水作小港，其上垒石作桥，为集句云云。戏效荆公作。"从此序中可以看出，王安石的这首《菩萨蛮·数家茅屋闲临水》，写于江宁半山园草堂，并且，这是一首集句词，即巧妙地借用前人诗句，移花接木，浑然无迹，创造出切合主题的意境来表情达意，音律和谐如出己出。王安石不啻为改革先锋，集句词体例为他首创，他不仅集句为词，还集句为诗，创作很多此类作品，后来竟形成一种风气，苏轼、黄庭坚、辛弃疾等争相效仿。

其实，集句为词并不是简单的拿来就用，除了要对前人作品非常熟悉之外，还要考虑词作的特征，譬如句子的长短，音律的和谐，对仗的工整，连词成句后，表情达意是否适意妥帖，如出己口等等。

这首《菩萨蛮·数家茅屋闲临水》词的第一句取自唐刘禹锡的《送曹璩归越中旧隐诗》："数间茅屋闲临水，一盏秋灯夜读书"一句。"发从今日白，花是去年红"则取自唐人殷益的五律《看牡丹》一诗。第五句出自韩愈的《南溪始泛》："点点暮雨飘，梢梢新月偃。"第六句来自唐人方棫的"午醉醒来晚，无人梦自惊"。如此信手拈来，任意组合，变诗为词，毫无雕琢痕迹，功力确实非同寻常。

对于集句词，现代学者祝振玉曾有这样的见解："文学创

作的源泉应该来自生活，像这样全靠剥落前人诗句以为词，当然不是创作的正道。但如果真的是才高学富，能够移花接木，发明妙慧，真正为自己表情达意服务，也不妨在词苑诗国中予它一席之地。"此观点可谓客观。

王安石集句而成的《菩萨蛮·数家茅屋闲临水》，可以称得上集句词中上乘之作。

罢相后的王安石隐居在江宁故地，筑篱为墙，结草作舍，俨然半山园临水而居的茅屋草堂一野老。在这个早春的和暖天气里，他身着窄衫短帽，悠悠闲闲地走在栽满垂杨的乡间里巷，观村南村北乡野情趣，赏屋后房前花开遍地。在词人眼里，今年的花固然比不得去年红艳，但是在一夜春风的温和手掌之下，它们开得满株满眼，争奇斗艳一片春天。

"发从今日白，花是去年红。"词人发出这样的感慨，叹息"年年岁岁花相似，岁岁年年人不同"。词人感叹的不仅仅是时光流逝、老之将至，还有今非昔比，变法大业惨淡收场、壮志未酬的忧苦。

如今的他，远离朝堂的政治风云，再也不必起早贪黑上朝参政，可以随心所欲贪杯饮酒，醉了不管不顾，倒头就睡，直到月上树梢才醒，生活如此闲逸自由。酒醒梦回，他看到窗外夜色昏沉，混混沌沌，原来一弯新月卧在树梢间，未及晴明。

词人以比兴手法写出对新法废除、幼主宋哲宗继位、时局不稳

　　的担忧。所谓处江湖之远则忧其君，如是焉。

　　毕竟，物是人非，当下的他不过一个老景苍凉、时过境迁的村居野老，所忧所感、所想所愿，也只是徒然发发感慨，独自想想而已。何如做一只花枝间跳跃的黄鹂鸟，在鸟语花香中清清亮亮来几嗓子，方不负年景、不负春光。

　　"何物最关情，黄鹂三两声。"词阕以此为结，含蓄蕴藉，意味无穷，展现了"拗相公"孤介傲岸、超尘拔俗的性情。

结庐在人境，而无车马喧。

问君何能尔，心远地自偏。

采菊东篱下，悠然见南山。

山气日夕佳，飞鸟相与还。

此中有真意，欲辨已忘言。

——〔晋〕陶渊明《饮酒·其五》

陶

渊明

从孤独中落落大方走出来

孤独的最高境界，莫过于自适。

阮籍的孤独，"徘徊何所见"是忧思；李白的孤独，"独酌无相亲"是朋友不在眼前；

王维的孤独，"独坐幽篁里"是知音难觅；杜甫的孤独，"百年多病独登台"是凄凉；

赵师秀的孤独，"闲敲棋子落灯花"是等而不得；岳飞的孤独，"起来独自绕阶行"是壮志难酬；

朱淑真的孤独，"独唱独酬还独卧"是感情没有着落；唐琬的孤独，"欲笺心事，独语斜阑"是无法倾诉。

能把孤独活成自适的，古往今来，陶渊明可称得上第一人。

何以孤独？大抵来自社会的底色。

陶渊明家世显贵，曾祖陶侃是东晋开国元勋，官至大司马。祖父和父亲都曾做过太守、县令等的官职。外祖父孟嘉是社会名流。

受祖辈影响，陶渊明自幼学习经史子集，也曾豪情满怀，"少年壮且厉，抚剑独行游"，怀抱"猛志逸四海，骞翮思远翥"的报国热情，踌躇满志投身仕途，期望以平生所学，救世济民，匡扶晋室。出身名门、饱读诗书的他，本该有个幸福的人生。

奈何生不逢时。他出生时正值东晋后期，帝室与世族之间以及世族内部明争暗斗，各种势力此消彼长，朝野暴乱不断，北方少数民族政权屡次南下袭扰。内患不断，外疆不宁。他壮年时，东晋王朝覆灭，刘裕建立刘宋王朝，历史进入南北朝时期。

这是中国历史的至暗时刻，先有王恭之乱、孙恩卢循之乱，后有桓玄斩司马道子废帝自立，刘裕率众平息。不幸的是，陶渊明这时候正混迹于官场。先后为桓玄幕府，镇军将军刘裕的参军，辗转多地，承受着羁旅行役的孤苦。在此期间，更是耳闻目睹官场之腐败，政客间互相倾轧，社会道德、政治伦理的沦丧，使他心中的信义轰然坍塌，精神信仰无处安放。

爱尔兰著名剧作家萧伯纳："人生有两出悲剧。一是万念俱灰，另一是踌躇满志。"时时忍受着痛苦折磨的陶渊明，于公元405年，在其任彭泽县令三个月后，选择解甲归田，退隐到庐山脚下，过上隐居生活。

归去来兮，田园将芜胡不归？既自以心为形役，奚惆怅而独悲？悟已往之不谏，知来者之可追。实迷途其未远，觉今是而昨非。

——陶渊明《归去来兮辞》

与陶渊明同时代的阮籍、嵇康、谢灵运、潘岳、陆机等文人名士，都表达过超脱世事、归隐田园的人生理想。不过，走得义无反顾，又彻底又决绝的，只有陶渊明。所以，正如朱熹所言："晋、宋人物，虽曰清高，然个个要官职，这边一面清谈，那边

招权纳货。陶渊明是真个能不要，所以高于晋、宋人物。"

　　陶家的祖上留有田产，寻常人家的做法，大抵是将田地租给佃户，收取地租，旱涝保丰收。陶渊明并没有这样做。归园田居后，他自耕自种，以积极生活的方式，来化解远离主流社会的孤独。

　　种豆南山下，草盛豆苗稀。

　　道狭草木长，夕露沾我衣。

　　晨兴理荒秽，带月荷锄归。

　　衣沾不足惜，但使愿无违。

——陶渊明《归园田居·其三》

　　诗中描绘的情景，乃是陶渊明归隐田园从事生产劳动的真实感受。从诗中可以看出，身为"农夫"的陶渊明，在种地这件事上，其实非常不专业，不擅稼穑。尽管他披星戴月，辛苦耕耘，还是"草盛豆苗稀"，收成并不好。但他并不后悔自己当初的选择。

　　"登东皋以舒啸，临清流而赋诗。聊乘化以归尽，乐夫天命复奚疑。"回归田园的他，采菊种豆，躬耕南山，喝酒抚琴、为诗为文，在闲适中独善其身，自得其乐。生活是清苦的，可心是自由的。

　　尤其值得称颂的是，陶渊明以一介布衣的身份，开启田园牧歌式的诗意审美，因而获得"田园诗人"之美誉。

对于田间地头、广袤原野上那些触目可及的寻常物事，陶渊明往往有着异乎寻常的热爱，以诗人的慧目、诗心，从平凡中发现大美，挖掘其精神品质：

青松在东园，众草没其姿。

凝霜殄异类，卓然见高枝。

连林人不觉，独树众乃奇。

提壶抚寒柯，远望时复为。

吾生梦幻间，何事绁尘羁。

——陶渊明《饮酒·其八》

正是霜降之后，青松之直立节高、流年常青、独奇卓然才愈见。无论是近抚还是远观，都极具秀逸超俗的独特魅力。

诗人写前庭幽兰"清风脱然至，见别萧艾中"，写林下秋菊"泛此忘忧物，远我遗世情"，与凝霜见奇的东园青松如出一辙。

"你看到的世界其实是你内心的模样"，秋菊、青松、幽兰这些常见植物，不过是他孤洁人格在俗世里的镜像，是他在孤独淡泊的现实境遇下，深植内心、融入日常，不知不觉练就的一种审美倾向。

　　"有酒有酒，闲饮东窗。"归园田居的日子里，饮酒成为他最大的乐趣之一。在身心自由，醉意微醺之下，陶渊明写出了著名的《饮酒二十首》，成为古代文学史上写出大量饮酒诗的第一人。

　　二十首饮酒诗篇篇精彩，《饮酒·其五》更是佳作中的名篇，抒发诗人回归田园后的闲适生活、自由心境。展示了生命轮回与自然本质之间的淳朴交融。虽无酒，却酒香扑鼻。

　　他讲，虽然居住在繁华人世间，却并没有车马的喧扰。因为远避世俗尘杂，逃离名利权贵，心境清宁，自然而然便会觉得所处之所的清幽僻静。

　　他脚步闲闲地走出屋门，在东篱随意地赏菊、采菊，偶尔间抬起头，悠然地得见南山的悠然，这种欢愉，无可言说。

　　傍晚时分，南山的景致更为令人陶醉，弥漫的雾气与山岚水色相映成趣，飞鸟成群，叽叽喳喳欢快鸣叫着结伴归巢。此情此境，仿佛蕴含着人生的无限意义，想要仔细辨识一番，恍惚间的沉溺，似乎又忘了能用什么合适的语言来表述。

　　采菊南山，物我悠然，人闲逸自在，山静穆高远。所以，就这样站着不说话，想想看看就十分美好。

　　诗意的语言，简明而通透，恰意地完成对自然以及人生哲学的精到论述，且道出隐居的真意。

　　他的归田隐居，绝非为一个归隐虚名，而是执守一份心不为行役的自适安闲，自由地做自己感兴趣的事情。

"问君何能尔，心远地自偏"历来为人称颂，好评如潮。明文学家钟惺评析此句："心远二字，千古名士高人之根。"

相传道教代表人物庄子曾在濮水垂钓，楚王派两名大夫前去游说，邀请他到朝中做官。庄子专心垂钓，手持鱼竿头也不回地答复道："听说楚国有一只神龟，死去时已三千岁。楚王用锦缎将它包裹，放在精致的竹盒里，供奉在庙堂之上。那么，你们说说，这只神龟是愿意死后被人瞻仰而享受尊贵呢，还是愿意每天拖着尾巴在烂泥中自由爬行？"

两名大夫如实回答："当然愿意在烂泥中拖着尾巴自由爬行。"

庄子说："那么，你们可以走了。我宁愿像龟一样在烂泥中拖着尾巴爬行。"

世俗之人总是热衷于名声、权力和利益，而陶渊明却清醒通透如庄子，他用实际行动来见证，名利虽可贵，自由、自适价更高。

陶渊明的自适，亦是他诙谐幽默的生活观、达观知命的世事观的客观映射。

陶渊明有五个孩子，分别叫阿舒、阿宣、阿雍、阿端、通子。天下没有不爱孩子的父亲，但在陶渊明的笔下，这五个孩子个个都是笨蛋，一点也不肖父祖。他写诗说，老大十六岁了，还一点也不懂事，懒惰得无可匹敌；老二到了该学习的年龄却不爱学习；

老三老四十三岁了，还不认得六和七；老五九岁了，只知道吃，每天不是找梨就是找栗。陶渊明这样责子，明显是把孩子们的缺点夸大了，是对他们的天真开玩笑，不难看出，陶渊明对孩子们的欣赏多于责备，调侃多于严肃指责。孩子们所谓的"总不好纸笔"，其实是顽皮淘气和活泼可爱。

陶渊明最后说："天运苟如此，且进杯中物。"假若上天真给了我这些不肖子，那也没有办法，还是喝酒吧。这一句更耐人寻味。陶渊明看似在调侃孩子们，其实针对的是自己的理想、自己的命运。

陶渊明的自适，还表现在他执着做自己，敢于直面自己的困窘境遇，在坎坷中达观，在挫折里涅槃，并且坚持自己的选择的坦荡胸怀。

"倾壶绝馀沥，窥灶不见烟。"他用诙谐的口吻倾诉生活的困顿。无酒了，即便把酒壶倾斜再倾斜，也沥不出一滴来。无米做炊，还要忍不住去看看，想从炉灶里再看到生火做饭的迹象。

饥来驱我去，不知竟何之。

行行至斯里，叩门拙言辞。

主人解余意，遗赠岂虚来。

谈谐终日夕，觞至辄倾杯。

情欣新知欢，言咏遂赋诗。

感子漂母意，愧我非韩才。

衔戢知何谢，冥报以相贻。

——陶渊明《乞食》

诗礼簪缨之家，竟食不果腹，穷得只能乞讨了，在那个等级森严的士族社会里，该是怎样的屈辱？陶渊明却用自嘲的笔法，化解了这样的尴尬。

"饥来驱我去，不知竟何之。行行至斯里，叩门拙言辞。"一个"驱"字，形象地写出当时悲哀的处境，饥饿像鞭子一样逼迫着他，让他不再顾及颜面，外出乞食。心里是这样想的，脚步却不听话，斯文和难堪缠住了他的双脚，使他不能动弹。挣扎了许久，还是上路了，走走停停、磨磨蹭蹭，终于"至斯里"，到了这里，可见举步维艰，甚为惶遽。敲开了一户人家的门，却不知道说什么好，实在开不了口，诗人乞食时的形象、神情已是活灵活现，恍然在人目前，至为真实，至为感人。

末了，诗人还不忘再幽默一把：面对主人的优待与厚赠，无以为报，可惜我没有韩信的能耐，日后不能赠以千金，就只能开出"冥报以相贻"的空头支票了。

一面是极端饥饿，一面是幽默诙谐，如果不是豁达自适，怎么能有这样笑中带泪，悲中有喜，形神具备、惟妙惟肖的描写？

他让人哑然失笑，而笑中又带着深深的同情。

陶渊明的自适，还表现在他洞明世事，不急不躁，直面生死兴衰的淡然。

人总有一逝，孤独而来，又孤独而去，这是无法超越和避免的。陶渊明的家族似乎没有长寿基因，父亲、弟妹皆早丧。因而，面对生死，陶渊明始终保持着清醒的头脑。在弥留之际，他甚至泼墨挥毫，豪气十足地为自己撰写了一篇《自祭文》：

> 茫茫大块，悠悠高旻，是生万物，余得为人。自余为人，逢运之贫，箪瓢屡罄，绤绤冬陈。含欢谷汲，行歌负薪，翳翳柴门，事我宵晨，春秋代谢，有务中园，载耘载籽，乃育乃繁。欣以素牍，和以七弦。冬曝其日，夏濯其泉。勤靡余劳，心有常闲。乐天委分，以至百年。

——陶渊明《自祭文》（节选）

在《自祭文》中，陶渊明对自己的生活状况、性格志趣和人生理想做了总结性的描述，表达了人要长有欢乐，必须乐天委分，也即顺应自然。只有顺应自然，才能做到赏不为喜、罚不为忧，享清明之心境而无物欲之牵累。豁达这般，非常人可比。

异于常人的人，大略都有些孤独。陶渊明的孤独，则被他不动声色地吟咏在字里行间。

萧统评价他"颖脱不群，任真自得"，可谓鞭辟入里。"任真自得"就是"自适"，虽然贫穷，虽然劳累，虽然痛苦，但他不为外物所拘，不受世事迁移，从孤独中落落大方走出，过自己想要的生活，自适地存在于天地之间。

人生之所以有意义，是每个人用独一无二的生活方式，去实现自身独一无二的价值。

我与我周旋久，宁作我。自适，是每个人都能达到的最简易的幸福，是孤独的最高境界。

离别家乡岁月多，近来人事半消磨。

惟有门前镜湖水，春风不改旧时波。

——［唐］贺知章《回乡偶书·其二》

贺知章

镜湖里的荷花又开了

贺知章字季真，会稽永兴（今浙江萧山）人，少年时在山阴（今绍兴）长大。

绍兴会稽山的北麓有一处静水湖泊叫镜湖，镜湖一旁坐落着贺知章的故居，离镜湖不远还有座山，叫四明山。

一个人，无论走得多远，故乡的山水都是他生命的根系所在。一生显贵、豪爽不羁的贺知章恋念故土，晚年以"四明狂客"自居。

"狂客"自有狂资本，贺知章可谓诗人中的大全之人，其才学和福分，前无古人，后无来者，非他人可比。

其一，高寿。杜甫曰："人生七十古来稀。"古时候生活环境、医疗条件都不好，能活到七十岁的人少之又少。特别是诗人，大都多愁善感，兼而多灾多病，平均寿命更短。唐朝最著名的诗人如李白、杜甫、王维，寿命只有五六十岁。柳宗元未满五十，白居易算是比较长寿的，也只活到七十五岁。寿浅的像王勃和李贺，仅仅二十七岁就英年早逝。而乐观开朗的贺知章享年八十六岁，是唐代诗人中极为长寿者。

其二，高中。李贺因为父亲名字中有一"晋"字，和进士的"进"谐音，终生不得参加科举考试，因而郁郁寡欢，年少而终。诗人孟郊进士及第后，当即写下《登科后》一诗："昔日龌龊不足夸，今朝放荡思无涯。春风得意马蹄疾，一日看尽长安花。"洋洋得意溢于言外。而贺知章，不仅轻轻松松考中进士，而且拔得头筹。古时考取状元大不易，考中状元还能做出成就，被后人熟知的，仅贺知章、张孝祥、文天祥等寥寥数人尔。

其三，高官。诗人大多饱读诗书，踌躇满志，为一官半职追逐一生，但多有抱憾，或者郁郁不得，或者仕途多舛。贺知章却有着别人没有的幸运，可谓志得意满，官运亨通。他三十七岁开始做官，一路做到礼部侍郎、秘书监、太子宾客，按唐制，为正三品，且从来没有被贬官的经历。一口吴语的他，在长安这个大都市里，豪迈清旷又老成持重，很受朝廷器重。他好喝酒，爱交友，上到皇族贵胄，下到书生道士，布衣平民，都和他走得很近。

其四，安顺。俗语云："万般皆是命，半点不由人。"生逢盛世不能由自己的选择，但也是一种福分。贺知章生于唐高宗年间，卒于公元 744 年，正是大唐盛世的黄金时期，见证了大唐的繁华和强盛。贺知章去世十一年后，安史之乱爆发，生灵涂炭，无数的诗人为国家命运痛心疾首，扼腕叹息，在兵荒马乱中随波逐流，颠沛流离，身心备受摧残。这一切到来的前夜，贺知章平静地走完自己荣华安顺的一生，免于动荡和身心煎熬，不能不说是一种幸运。

其五，风流。《旧唐书》记载，知章性放旷，善谈笑，当时贤达皆倾慕之。工部尚书陆象先是贺知章的表亲，他常常对别

人说："贺兄言论倜傥，真可谓风流之士。吾与子弟离阔，都不思之，一日不见贺兄，则鄙吝生矣。"意思是说，他与儿子兄弟离别，都不想念，可是一天不见贺知章，就会感到自己粗俗不已，少却很多欢乐。和普天下诗人一样，贺知章嗜酒善饮，不醉不归。杜甫曾做诗描述："知章骑马似乘船，眼花落井水底眠。"这里写他喝完酒后骑在马上，身子摇来晃去，如同乘船而行。醉眼蒙眬看不清路，不慎坠入井中，竟卧在井底睡着了。贺知章和李白、李适之、张旭等八人被称为"饮中八仙"。八人各有特色，但都不及贺知章的结局。

其六，诗人。贺知章留下的诗篇不多，却为世人传诵。《咏柳》《回乡偶书》从古到今，都是小学生启蒙教材。

其七，书法家。贺知章以诗扬名，却很少有人知道他还是位大书法家。他写的字，品位高雅，即使片纸单张，三言无语，得到的人也恭敬地珍藏起来，舍不得丢弃。他和著名书法家张旭是好朋友，两人同为"酒中八仙"，喝醉了就挥毫作书，切磋书艺，不无快哉。

其八，伯乐。贺知章知遇李白的故事一直是唐代文坛佳话。贺知章年长李白四十二岁，声名显赫的他，第一次见到一介布衣的李白，十分赞赏李白的诗才，惊呼他为"谪仙人"，喜不自禁地解下身上所佩金龟，换酒和其痛饮。李白"谪仙人"这个雅称，就出自

　　贺知章。后来，贺知章把李白推荐给唐玄宗，李白迎来了自己人生的高光时期。如果没有贺知章，李白的人生将会黯淡不少。

　　其九，圆满。贺知章为官，做得轻松自如。在生命即将接近终点的时候，他"因病恍惚，上疏请度为道士，求还乡里"。得到朝廷允许后得以叶落归根。八十六岁的他离开长安城的时候，唐玄宗亲笔题诗相赠，太子带着文武百官前来饯行，送别场面浩浩荡荡，可谓荣耀至极。

　　贺知章这样圆满大全的人生，应该没有什么遗憾了吧？不然。贺知章最大的遗憾，是少小离家，一生都在长安做官，没有空暇回归故里，尽情享受故土田园之乐。

　　他的遗憾，在《回乡偶书·其一》里表述得情真意切，明明白白：

　　少小离家老大回，乡音无改鬓毛衰。
　　儿童相见不相识，笑问客从何处来。

　　贺知章三十六岁高中状元，但他年少时即有诗名，难免在外游历求学，行万里路，读万卷书。至于什么时候离开家乡，史料记载不详。即使按三十六岁中状元计，离家也已五十年矣！五十年，对于很多人来说，就是一生的时间。何况，从诗句可以推断，他中状元之时，业已离家多年。另外，贺知章有两个家，一是老

家萧山，一是少年时居住的地方绍兴。

诗里的"家"究竟指哪个？据史料记载，贺知章回到家乡后，建千秋观，度为道士。千秋观在古山阴，今绍兴县东北，仍有遗迹。可见，诗中"少小离家老大回"中的"家"，指的是古山阴，即镜湖之畔的那处园子。并非他的老家古永兴，今萧山。

"乡音无改鬓毛衰"，其中"衰"是减少的意思。此句在"改"字上着笔，一个"无改"，鬓发稀疏，显然是年老体衰的表征，这是改变。没有改变的是家乡口音，杜甫有诗为证："贺公雅吴语，在位常清狂。"

乡音是故乡在游子身上打下的永远无法抹去的烙印。然而，贺知章离开家乡至少五十多年，家乡口音即便一直不曾改变，恐怕也难免会杂糅一些京城或其他地方的口音。诗中所谓的乡音无改，更多的是诗人潜在的意识，不愿承认或者意识不到这种改变。这种潜意识，恰恰是因为故土情深，不愿忘，不敢忘，不能忘！鬓毛衰是自然规律，无法抗衡；乡音是自我觉悟，是一个人无法舍弃的落叶对根的情义。

诗人回到家乡，一定是万千思绪，万千感慨。从何处落笔呢？诗人摘选了一个特别富有温情的场景，描写了一个小片段：

家乡的小孩子见到有陌生人来，非常新奇，小雀一般叽叽喳喳赶过来围观。因为面孔陌生，所以天真地问：你是从哪里来的客人？

诗句的重点在"客"字上。这里是儿童的家乡，也是诗人的家乡，然而，诗人对于家乡，对于家乡的人来说，已经陌生得像远来的客人了。这种陌生，是岁月的流逝，是距离的阻隔，是由此而产生的情感上的隔断。这种隔断，是诗人最不愿意看到的，但还是不容置疑地发生了。就像鲁迅《故乡》里的迅哥儿和闰土，经历了数十年的风霜波澜，儿时无话不谈的伙伴，居然好似隔了堵高墙，无论怎么用力，也迈不过去了。

"儿童相见不相识，笑问客从何处来。"笔调轻快，而情绪却有一种难言的悲凉。富有生活情趣，又包含不尽的苦辣酸甜。

《回乡偶书·其二》可以看作是第一首的续篇。诗人回到家乡，和乡亲们畅叙旧情，谈论别后的种种变化，感慨人世无常。

"离别家乡岁月多"和"少小离家老大回"意思相近，诗人不厌其烦地再三表述这样的意思，无非是由于所有的感慨皆因少年离家所起。

白发暮年叶落归根，对于久客异乡的诗人来说，无疑是激动的、惊喜的，悲欣交集。阔别故里数十个年头，如今的他，两鬓稀疏，步履蹒跚，独自幽幽地迈步在乡间小径，举目四望，周围的村舍、田庄熟悉而又陌生，一张张路过的面孔，一声声悦耳的乡音，亲切而又生疏。儿时一起玩乐的小伙伴、村邻乡朋多已作古，亲情沦陷，人事消磨，只有门前镜湖的一池绿水，在春风中

一如既往，微澜不惊，风情不衰。物是人非事事休，愈发引起游子归来的孤独和感伤。

"文章本天成，妙手而得之。"《回乡偶书》实得"偶书"之妙，两首均采用白描手法，朴素自然的语言中蕴含着真挚醇厚的深情，起笔很淡，却有着感人肺腑之劲道。

许是心愿了却，贺知章回乡不久就去世了，李白曾写诗悼念他，提到他们的初相见，知遇之情，以及两人缔结的深厚友谊，提到他的镜湖故居：

四明有狂客，风流贺季真。

长安一相见，呼我谪仙人。

昔好杯中物，翻为松下尘。

金龟换酒处，却忆泪沾巾。

狂客归四明，山阴道士迎。

敕赐镜湖水，为君台沼荣。

人亡余故宅，空有荷花生。

念此杳如梦，凄然伤我情。

——李白《对酒忆贺监二首》

斯人已去，只留下空空的故宅，镜湖里的荷花，还有那些轻松而隽永的诗篇，令后来者黯然伤情。

海上生明月，天涯共此时。

情人怨遥夜，竟夕起相思。

灭烛怜光满，披衣觉露滋。

不堪盈手赠，还寝梦佳期。

——[唐]张九龄《望月怀远》

张

九龄

想你的时候一起看月亮

　　日月交替，黎明、黑夜周而复始。万物离不开太阳，得到诗歌眷顾最多的，却是月亮。

　　同一轮明月，不同的人眼里呈现不同的风格气象。王维望见的月，清净，"明月松间照，清泉石上流"；李白推出的月，阔大，"明月出天山，苍茫云海间"；薛涛勾画的月，纤约，"魄依钩样小，扇逐汉机团"；杜牧捉笔的月，迷蒙，"沧江好烟月，门系钓鱼船"。

　　不管月亮如何变幻，唯有望月的情感不变。无论千里旷野，巍峨山川，还是繁华京畿，市井巷陌，皆共享同一轮明月。明月朗照人间，见惯繁华孤寂，阅遍离合悲欢，识尽喜乐忧烦。因此，在古人眼中，明月知人意，"离人无语月无声，明月有光人有情"。凡有明月的地方，皆有离愁。

　　写月亮的诗词很多，张九龄《望月怀远》则别有一番隽永，让人沉浸，流连忘返。

　　这首《望月怀远》，依旧秉承明月寄相思的传统，抒发对远方亲人的思念之情，情意缠绵，感人至深。

　　"海上生明月"，开篇即在我们面前展示出一幅海上月出的胜景。海，明月，不事华丽的修饰，只是简单的陈述，却有着强烈的画面感。阔大的海面，波澜不惊；漆黑的夜空，一片静寂。一轮明月，从遥远的海岸线和天空的交接处，冉冉升起。顿时，海面熠烁，天空明净，乾坤澄澈，海和天空浑然融睦。

明月从无到有，从暗到明，从混沌到清晰，在海面升起，仿佛从海里打捞出来，带着湿漉漉的粼光，圆润、皎洁、明澈，徐徐升腾，整个过程用一个"生"字表现出来，比"升"字更加活泛，仿佛将月之灵魂摄入其中，展示出月轮的鲜活旺盛，生机勃发的动态之感，既生动鲜明，又栩栩如生，贴切而妥当，具有超强的概括力，和张若虚的"海上明月共潮生"有异曲同工之妙。

这一幅雄浑壮美的画面，让置身其中的诗人禁不住心潮逸思，心绪澎湃，一腔情怀浩荡而出："天涯共此时。"如此简明，直击人心。诗人的思绪由月亮落到人间，月亮高挂天上，大海，高山，平原，荒野，村庄，无论身居何地，相隔多远，抬起头来，都能看到那一轮明月。浩渺天宇，你我虽天各一方，却头顶一轮月，天涯共此时。

我们同在，思念彼此，同心吟咏，这种同在和共情，不能不令人心旌摇荡，且为之慨叹。

此时是短暂的，天涯是遥远的，宇宙的两个要素——时间和空间，一瞬间形成的巨大反差，让人生变得如此扑朔迷离。世事无常，而月亮永恒。

千百年来，月华如练，总有那么一天，像此时，照亮宇内，照耀你我。"天涯共此时"这五个字，包含了太多宇宙、人生、

情感的丰富内涵，从而成为望月怀远的经典。

如果说首联是一幅宏大的远景，颔联则将镜头集中于一个细节特写。"情人怨遥夜"说的是有情之人埋怨夜太漫长。月色皎洁，情人偏由此生怨，不解风情，何也？其实，都是"相思"惹怨尤。整整一个晚上，因为这一轮月华，让离人情不自禁陷入浓浓的相思，兀自沉溺，难以自拔。情人，也即亲人，是相对于父母、妻儿、兄弟而言，这里既可以看作是诗人自己，又可以泛指天下所有有情的人。相思，即思念之意，不同于狭义的男女情思。竟夕，即通宵。

诗句蝉联而下，写诗人月下的所思所行。"灭烛"不过为了尽快入睡，然而，烛光熄灭后，月华如银，满地清辉，让人不能不心生怜爱和温情。举头望明月，低头思亲人，愈加难以安眠。

既然无法入睡，索性就起来走走吧。诗人披上衣服，独自来到屋外，秋天的夜晚更深露重，凉气袭人，露水打在身上，衣服有着湿漉漉之感，就像思念的感觉。月华耀眼，露水湿寒，都是表象。心心念念的，还是对亲人的思念。

"不堪盈手赠"，是诗人因告慰相思而萌生的奇特想象：今夜的月色如此柔媚迷人，不如把她赠送给远方的亲人。当然，这只是诗人奢侈的梦想。晋代陆机有诗句"照之有余辉，揽之不盈手"，这样美好的月色，满束的清辉，却不盈一握，无法攥在手中，执手相送，就像人生聚合，由不得个人意志所能决定。末了，在美好的想象中，诗人权且自我宽慰：还是在这满目清辉中安然睡去吧，也许在睡梦中，能够与你月下欢聚，互诉衷肠。

在雄浑阔大的意境中，自然而然穿插这些温情脉脉的细节，渗透缠绵情肠，虽有相隔天涯的点点遗憾，有不得相守、相见的怅惘，亦有梦中欢晤的期盼和希望，丝丝缕缕，令人回味良久。不能不再次慨叹作者非凡的功力。

张九龄不仅是一位才华横溢的诗人，还是唐代开元间名相，也是历史上著名的贤相。

在漫长的中国封建社会，身居宰相之高位之俊杰很多，但在政治与文化造诣上均能达到一定高度的，却寥寥可数，张九龄是其中一位。

他出生于岭南一个官宦之家，自小聪慧能文，十三岁时便赢得刺史王方庆的赏识："此子必能致远。"景龙初年，登进士第，授校书郎，从此踏入仕途。

孔子言："为政以德，譬如北辰，居其所而众星共之。"意思是执政者以自己的道德修为来处理政事，当像北极星那样，自己居于一定的方位，群星则环绕它的周围。德才兼备的首领，必定有勤政的君子追随。

张九龄就是这么一颗神采奕奕、光芒四射的北极星。

在他主理朝政期间，曾不遗余力地对科举制度进行大胆改革，

全力打造文人当政的政治局面，主张公正选才，以文取士，以文选能，量才使用。这些举措，使无数的寒门士子备受鼓舞，他们闭门苦读，希望能像张九龄一样，通过科举以文采见用，出将入相，实现"胸中万卷，致君尧舜"的治世理想。王维、孟浩然都曾受到过张九龄的热情引荐。

张九龄不仅诗才熠熠，还有着高士之忠勇，针对当时的社会弊端，他不畏强权，敢为人先，强调民生民本，反对穷兵黩武；主张轻刑罚，薄征徭，扶持农桑，积极选拔优秀人才，极大地缓解了社会矛盾，巩固了中央集权，为"开元之治"建立不朽的功绩，被后世誉为"开元之世清贞任宰相"三杰之一。

他还有着诗人的率真。一次，玄宗皇帝过生日，百官向皇帝爷祝寿，纷纷献上各种奇珍异宝，唯独张九龄的礼物别具一格。只见他趋步上前，恭恭敬敬地为皇帝呈献上他历时数月，敖夜撰写的《千秋金鉴录》，洋洋洒洒五大卷中，引经据典，畅谈古代兴废之道，劝谏皇帝吸取前车之鉴，整顿朝纲，励精图治，令唐玄宗哭笑不得。

对于玄宗的过错，他从来直言敢谏，及时指出，从不拖延，从不因玄宗对自己有知遇之恩而违背原则，迁就松懈。

他的清廉为政、刚正不阿朝中尽知。唐玄宗的宠妃武惠妃，预谋废太子李瑛，立自己的儿子李瑁为太子。在武惠妃的百般请求下，玄宗皇帝心里亦有动摇。武惠妃怕张九龄从中作梗，便命宦官牛贵儿游说九龄："有废必有兴，您如果帮忙，宰相就能做得长久。"张九龄不为所动，他愤怒地叱退牛贵儿，苦口婆心，以隋文帝错废太子，终致失国的典故警示皇帝，在唐玄宗面前据理力争，最终使太子的位置才得以保全，从而平息了宫廷内乱，稳定了政局。

张九龄在识人方面亦慧眼独具。他明察秋毫，早就看穿安禄山的浪子野心，断言他日后必反，请求立斩，以绝后患："乱幽州者，此胡人也。"唐玄宗却不以为意，认为自己的天下太平，张九龄纯属多疑。

"安史之乱"爆发后，战火狼烟中仓皇奔蜀的唐玄宗，追思张九龄当年的卓见，潸然落泪，痛悔不已。战后，他派人到曲江祭拜张九龄，追赠为司徒。而此时，张九龄已仙逝十五年矣。

张九龄的卓然不群，不仅仅因为他的气度，他的政绩，他的才气，还有他独树一帜的"九龄风度"。

一身儒雅气息的张九龄，特别注重仪表，内外兼修。无论是居家、上朝，还是和朋友聚会、喝酒，他都衣冠整齐，举止泰然，走起路来步履矫健，眉宇之间神采飞扬。

当时，大臣们都要带着笏板上朝，以随时记录皇上的旨意，或提前在上面写好向皇帝汇报的奏折，带至朝堂。文武大臣们往往把笏板往腰里一别，鼓鼓囊囊就匆匆上朝了。张九龄觉得如此装束有损斯文，便命人做了一套精致的护囊，来装置笏板。

上朝时，仆人捧着护囊跟随其后，他只管衣带翩翩、气宇轩昂地走在前面。玄宗皇帝非常欣赏张相的做派，护囊很快成为一种时尚。但拥有时尚并不代表能引领时尚，少有人能以张相之风度自处。

玄宗皇帝更是念念不忘张九龄的风度。在罢掉了张九龄的宰相职位后，每有大臣推荐人才，唐玄宗问的第一句话从来都是："风度得如九龄否？"

一个人最好的状态是眼中有光，心中有尺。张九龄的风度，在玄宗皇帝的心里，不只是他卓绝的才气和非凡的仪表，还有他正直的品质和忠义的节操。

一个人，只有从内到外散发出高山仰止的过人气质，才能穿越千古，铭刻青史。

张九龄协助唐玄宗创造了"开元盛世"，在当时及后世都享有崇高的评价。尽管如此，晚年的他，还是受到李林甫谗毁，被贬为荆州长史。这首《望月怀远》即作于荆州。若此，"海上生明月"显然系诗人的想象。不过，这般雄浑的意境，通透的感悟，胸怀和格局显而易见。

《望月怀远》虽为怀人主题，却孤而不凄，哀而不伤，踯躅而不显寂苦。比一般的离愁诗，更深厚隽永，令后人不尽咀嚼。